L'ENFANT D'INGOLSTADT

Collection littéraire dirigée par
MARTINE SAADA

Anne Berest, *Les Patriarches*
Anne Berest, *Recherche femme parfaite*
Pascal Convert, *La Constellation du Lion*
Delphine Coulin, *Les Traces*
Delphine Coulin, *Une seconde de plus*
Delphine Coulin, *Voir du pays*
Delphine Coulin, *Une fille dans la jungle*
Christophe Duchatelet, *Par-dessus ton épaule*
Ghislaine Dunant, *Un effondrement*
Ghislaine Dunant, *Charlotte Delbo*
Jean-Yves Jouannais, *Les Barrages de sable*
Jean-Yves Jouannais, *La Bibliothèque de Hans Reiter*
Hélène Lenoir, *Tilleul*
Hélène Lenoir, *Demi-tour*
Pierre Lepape, *La Disparition de Sorel*
Michel Manière, *Une femme distraite*
Michel Manière, *Une maison dans la nuit*
Pascal Quignard, *Les Ombres errantes*
Pascal Quignard, *Sur le jadis*
Pascal Quignard, *Abîmes*
Pascal Quignard, *Les Paradisiaques*
Pascal Quignard, *Sordissimes*
Pascal Quignard, *Les Désarçonnés*
Pascal Quignard, *Mourir de penser*
Pascal Quignard, *Les Larmes*
Pascal Quignard, *Dans ce jardin qu'on aimait*
Michel Schneider, *Marilyn dernières séances*
Michel Schneider, *Morts imaginaires*
Serge Toubiana, *Les Fantômes du souvenir*
Jacques Tournier, *À l'intérieur du chien*
Jacques Tournier, *Le Marché d'Aligre*
Jacques Tournier, *Zelda*
Alain Veinstein, *La Partition*
Alain Veinstein, *Cent quarante signes*

PASCAL QUIGNARD

L'ENFANT D'INGOLSTADT

Dernier royaume X

BERNARD GRASSET
PARIS

IL A ÉTÉ TIRÉ DE CET OUVRAGE
CINQUANTE EXEMPLAIRES SUR VELIN RIVOLI BLANC
DES PAPETERIES ARJO WIGGINS
DONT QUARANTE-CINQ EXEMPLAIRES
DE VENTE NUMÉROTÉS DE 1 À 45
ET CINQ HORS COMMERCE NUMÉROTÉS DE H.C. I À H.C. V
CONSTITUANT L'ÉDITION ORIGINALE.

ISBN : 978-2-246-81793-2

ISBN luxe : 978-2-246-81900-4

CHAPITRE PREMIER

Quand le cardinal de Richelieu se rendit au siège du port de La Rochelle, il vit un homme sur le bord de la route avec une boîte noire posée sur ses genoux. Il fit arrêter son carrosse. Richelieu dit à cet homme :

— Prends ton violon et viens.

L'homme obéit. Il monta dans le carrosse. Il s'assit devant le ministre.

— À la vérité, c'est une viole, dit le musicien.

— La nuit, j'ai peur.

Voilà ce que répondit Richelieu. Le ministre n'indique rien de plus au musicien qui désormais l'accompagne partout. Des chevaux le hantaient. Des chevaux surgissaient dans le silence de chaque nuit, marchaient sur les morts qu'il aimait. Ils se cabraient tout à coup. Quand ils se mettaient à hennir au cours du songe, aucun son ne sortait de leurs grands visages. Simplement, debout sur leurs jambes arrière, la bouche grande ouverte, ils appuyaient très fort avec leurs sabots et leurs fers sur ses côtes, sur son ventre, sur ses poumons. Ils opprimaient son souffle. Il se réveillait en sueur, dans un état de panique indescriptible. Aussitôt il appelait le musicien à son chevet.

Richelieu dit un jour à sa nièce :

— J'ai besoin que quelqu'un, la nuit, me vienne consoler du silence que les étoiles font.

*

Il était peintre. La fascination, telle était l'idée fixe de cet homme que j'aimais. La stupeur ensorcelante, pétrifiante, immobile, totalement silencieuse, constitue la contemplation maximale. C'est la contemplation à mort. Je le vois encore qui peint en silence puis qui va à la table, à droite, sous la fenêtre, où il range ses pinceaux. Il y nettoie ses doigts avec un chiffon. Il revient. Il pose sous son menton son violon au bois clair, il me fait un signe de la tête pour commencer le duo de Bach ou de Beethoven que nous nous apprêtons à jouer tous les deux, – mais dans le même temps il incline le visage pour regarder la scène peinte de côté. Il regarde de biais la morte qu'il a peinte. Elle tient encore sa bouche ouverte. Ses seins flasques et pâles tombent. Alors, doucement, très doucement, il fait aller et venir l'archer sur les cordes pour parler aux corps qu'il a créés et pour les consoler de les avoir fait venir au jour. C'était du temps d'Elsa et de sa mère. La journée de Jean Rustin suivait un rythme imperturbable. Au milieu de l'après-midi, il ne songeait plus qu'à rendre visite à sa mère, préparer son souper, mettre la table, poser le rond de sa serviette, emplir son verre, l'embrasser. Puis il reprenait le volant de sa voiture et il rentrait chez lui, c'est-à-dire chez Elsa, pénétrer dans le silence tendu à rompre de l'appartement, mettre de nouveau la table, ne rien crever du silence increvable, boire, dormir. À l'époque nous communiquions par fax. C'était le temps de ces rouleaux de papier grisâtres et huileux, qui sentaient l'alcool, qui se déroulaient soudain, bruyamment, dans la nuit. Tout à coup, à n'importe quel moment de l'année, devenu impatient, un peu impérieux, courroucé, fébrile, il me demandait d'arriver, en fin de matinée, toutes affaires cessantes, dès que j'aurais fini mon propre travail, de monter à l'atelier avec mon violoncelle. Peu importe la peine que cela me coûterait. Peu importe le temps que cela me prendrait. Jean était un très grand peintre que j'admirais. Son obstination et son silence m'emplissaient de tendresse. Je traversais le périphérique. Je traversais la petite ville des Lilas. Cela montait longtemps, longtemps, tout d'abord. Puis je descendais par les Bruyères. Je longeais le château de l'Étang avec ma housse brune, à la fois encombrante et légère, dont la sangle pressait l'épaule. Il entendait la porte métallique de l'ascenseur s'ouvrir, il arrivait en trottant dans ses pantoufles. Il me faisait asseoir dans un petit fauteuil de velours vert afin qu'on fût à la hauteur qu'il préconisait par rapport à l'ascendant des corps nus et des figures anxieuses ou ébahies qui vous regardaient fixement dans les yeux. Il me montrait le travail des jours. Il ne parlait pas beaucoup. Une fois que toutes les toiles qu'il avait peintes récemment avaient été retournées le long des murs, il n'en laissait qu'une seule sur le grand chevalet à gauche de la fenêtre principale, à l'est, côté cour. D'un coup de menton il me montrait les deux pupitres dépliés et préparés. Il avait placé ma chaise au centre, devant le chevalet, il préférait la gauche, côté jardin, côté montagne. Nous nous accordions en silence. Nous jouions pour ces corps nus, pour les visages emplis de peur, extasiés d'être, abasourdis de ne pas mourir, angoissés de désirer encore, qui nous fixaient. On jouait une petite heure. Le reste du temps nous buvions. Parfois on avait le droit de manger un peu. Il s'asseyait sur le petit divan de la seconde pièce, il ôtait ses pantoufles, il laçait patiemment ses souliers. On descendait dans le gigantesque et bruyant ascenseur de fer. On passait devant l'église. On entrait dans le Franprix de Bagnolet où nous achetions deux bouteilles de vin de Bordeaux. On cachait les bouteilles sous nos imperméables. Nous nous installions, en face, chez un Turc très gentil, qui faisait des frites très grasses et très bonnes, dans la courette, après la cuisine, au fond du café. Nous n'avions pas le droit de boire du vin en vitrine. Même rue Lénine, cela aurait paru provocateur, en plus d'être devenu impie. On se quittait, déjà un peu ivres, rue Sadi-Carnot, sur le trottoir, devant la rue Bachelet – devant la rue du petit Bach, du petit ruisseau, du petit caniveau. Lui, il s'asseyait au volant de sa voiture et claquait la portière. Adieu. C'était fini. Adieu, Jean, c'est fini.

CHAPITRE II

Comme l'eau écrase le plongeur qui a gagné le fond de l'océan, le silence écrase l'homme tandis qu'il est en train de regarder ce qui le sidère.

Dans l'eau soudain on coule.

Quand l'art est là, on est désemparé. On rejoint soudain l'origine. Boutès se lève du rang de nage et saute. Paul Celan enjambe le balustre et se jette dans la Seine. Une zone dangereuse hante les créations culturelles. Le collectif est cette zone. Le groupement humain est une chose dangereuse. La communauté se rassemble sur celui qu'elle exclut. Elle se parle à elle-même sur le dos de l'exclu. C'est lui, le principal interlocuteur du paranoïaque. Je s'adresse à Tu dans l'éviction de Il. Ils… Ils… Que n'ont-ils pas fait à l'innocent ? La densité entraîne un stress dans le groupe qui provoque ou le suicide de celui qui est oppressé ou l'éviction de la victime qui s'ignore sanctionnable. La médiation qu'apporte l'exclu aux survivants, voilà ce qui fonde la société humaine et qui modélise ses joies principales. C'est ce que pensait Étienne de La Boétie. Les artistes plongent dans ce tiers terrible c'est-à-dire dans la mort. Dans la fascination à mort pleine de silence. Dans l'audition de ce si dense « silence » le musicien intervient. L'écrivain ne le rompt pas davantage : même, il y résorbe le dialogue. Dans la contemplation de ce vide, le peintre avance son pinceau. Le mystique s'assoit à l'intérieur de lui : les mains sur les genoux, il dévisage ce qui n'a aucun visage.

*

Un parasite qui se reproduit dans l'intestin des félidés – qui a reçu l'appellation savante de toxoplasma gondii – inhibe, chez les animaux ou chez les humains qu'il infecte, la peur de leurs prédateurs naturels. Une souris se jettera dans la gueule d'un chat comme un homme pétrifié présentera son visage sous la mâchoire grande ouverte d'un lion. La fascination est cette projection du dévoré vers son dévorateur. Dans les sociétés tyranniques on observe une confiance anormale envers le persécuteur. La beauté se rend maîtresse de nous en faisant revenir l'aura, qui n'est que la nuée confuse de l'hypnose, qui remonte du monde archaïque –, qui provient elle-même du monde onirique auquel les animaux eux aussi sont voués. C'est cette étrange emprise des regards qui se posent sur le naissant à sa naissance. L'image n'a rien à voir avec la langue parlée. Elle a tout à voir avec le regard. Quelque chose de l'ordre de la conception sidère le conçu, s'y hallucine en son absence.

*

Voici l'histoire complète, très rapide, étrange, de la flotte romaine : Comme la flotte romaine approchait Syracuse, des miroirs la brûlèrent.

CHAPITRE III

Dieu est ce qui guette.

Les dieux, lesquels dérivaient des fauves carnassiers, restèrent, au fond de l'âme de ceux qu'ils avaient dévorés, des épieurs. Ils lisent le monde en direct, dans la menace perpétuelle et la fusion insatiable. Dans la ruée. Dans le bondissement imprévisible. Soudain une silhouette traverse le champ de vision. Les fauves foncent. Les fauves, principalement les félidés, mais aussi les rapaces, fascinèrent les chasseurs, au point qu'ils cherchèrent à imiter leurs ruses et leurs mœurs. Devenus hommes, toujours chassés par eux, ils les rêvèrent. Ils appréhendaient leurs images dans l'ombre des roches, sur la calcite qui les recouvrait, quand ils pénétraient avec inquiétude dans les conduits des cavernes. Ils croyaient voir ces silhouettes dans les ombres, tapies dans ces ombres que leurs flambeaux animaient et multipliaient, dont la flamme tremblait au-dessus de leurs doigts tant ils les redoutaient.

Ils les rêvèrent si longtemps qu'ils les virent se détacher des parois auxquelles elles se fondaient. Ils les imitèrent en en simplifiant encore l'apparence.

On ne peut dire qu'ils les reproduisirent mais, plutôt, qu'ils complétaient les formes qui se formaient spontanément sous leurs yeux dans les crevasses et qui poussaient leur crainte à se méprendre.

*

Le rêve est une vue fascinée qui s'est enfouie au fond de chaque corps exactement comme les volumes qu'on y déchire s'y engloutissent lorsqu'on les mange. Cette perception, sans qu'il y ait plus d'objet, s'abandonne à son désir durant le sommeil, dans le silence relatif de la nuit, dans l'immobilité du corps allongé sur la terre et plus ou moins protégée par l'obscurité céleste. Elle érige ou distend le sexe du dormeur. Cette vue involontaire, érigeante, élargissante, objektmankel (profondément inquiète de l'objet qui lui manque, du corps qu'elle a perdu, de la nourriture qui lui fait défaut parce qu'elle l'a dévorée), visite tous les prédateurs.

Les tigres ou les chats, les loups ou les chiens, les sangliers ou les cochons, les bisons, les aurochs, les taureaux, les vaches, les singes, les hommes, tous rêvent, épient, contemplent dans ce moment paradoxal et singulièrement engourdi de leur nuit.

Même les oiseaux rêvent, leurs doubles paupières refermées, les yeux enfouis sous l'aile.

La Thora disait de l'Éternel (qu'elle préférait nommer l'Innommable) : « Il observe au-dessus de la branche de l'arbre. Il surveille dans le buisson. Il épie au travers du treillis. Il guette par la fenêtre. »

*

Jupiter est quodcunque vides. Jupiter est le dieu de tout ce qu'on voit.

Dans le ciel, à l'intérieur de l'air, dans l'étendue de l'espace, au fond de celle de l'eau, partout est le dieu.

À Rome on appelait « augures » les prêtres qui tiraient les auspices. Ils furent trois sous la royauté. Ils étaient neuf sous la république. Ils devinrent seize sous l'empire. *Auspicia* se décompose en *aves* et *spicio.* Mot à mot *oiseaux-je-regarde.* Ces visions des oiseaux en train de voler se disent en latin inaugurations. *In-augur-ationes.* L'augure à l'aide de son bâton sacré – qu'il appelle *lituus* – découpe dans le ciel un rectangle – qu'il appelle *templum* – à l'intérieur duquel il examine le vol, l'allure, la direction des oiseaux, nuées, orages, mouvements de l'air, éclairs, n'importe quel signe qui vient y surgir et qu'il lui faut interpréter.

Le « templum » (le rectangle) définit l'espace quadrangulaire soumis à la « contemplatio » de l'augure. Les devins quadrillent l'intérieur de ces rectangles pour reproduire les figures. Ces surfaces quadrillées sont les toutes premières sinopia dont usèrent par la suite les mosaïstes et les fresquistes.

Avec son bâton recourbé le prêtre lit ce qui traverse la page qu'il ouvre dans le ciel : il examine l'oiseau qui franchit les lignes qui le composent – qui forment alors sa cage, sa captation imaginaire.

À la fin de la république, si le vol se produit d'est en ouest, vers les morts, vers la gauche du rectangle, la mort est assurée, le présage est bénéficiant. Cicéron en explique la cause in *Div.* I, 31 : L'augure se tourne vers le sud pour prendre les auspices. Ce qui est à sa gauche correspond à l'orient. L'angle gauche du temple est alors celui de l'est. C'est à partir de lui que tout doit être lu. Comme la page rectangulaire d'un livre. Nous-mêmes nous lisons toujours de gauche à droite. Varron précise in *Ling.* VII, 7 : Les auspices provenant de la gauche sont meilleurs que ceux de droite : *sinistra meliora auspicia quam dextra.*

*

Il guette dans sa peinture.

Il guette dans sa fenêtre rectangulaire comme le hibou, la nuit, dans les quelques mètres cubes du silence qui l'enveloppe, la proie qui se déplace dans les quelques mètres carrés où il règne.

Le chevalier Lancelot, une fois plongé dans son extase, manque tomber de la fenêtre quadrangulaire ouverte au-dessus des douves. Il serait tombé dans l'eau stagnante (il serait mort avant même qu'il ait pu commencer ses inoubliables et mélancoliques aventures) si Gauvain ne l'avait pas retenu par son vêtement noir. La mort passait en bas. Le fantôme de la reine était inscrit au fond de son regard. Le regardeur est presque mort absorbé par la revenance de la Perdue qui hante sa psychè au point qu'il la voit sous ses yeux.

Avant de devenir un nom, le mot guenièvre signifie le fantôme. Plus précisément encore Gwen-hwyfar, en vieux celtique, se décompose mot pour mot en Blanc-fantôme.

À quoi est vouée la vie de Lancelot ? À l'absorption soudaine dans la scène qui s'est passée : il voue ses jours à la Perdue qui revient comme un « blanc » dans la vision éblouie du nouveau-né naissant. Il se laisse sidérer par l'image qui surgit sur le quadrilatère de la page blanche : elle est ce vide qu'elle a laissé. Sur le quadrilatère de la pierre de la tombe, c'est une même page. C'est un même rectangle. Telle est l'extase dont le chevalier est le sujet. Il est le seul chevalier de la Table ronde qui sache et lire et écrire. Lancelot est celui qui porte la lance d'or. Il est l'homme qui s'est perdu sous le regard d'une femme cadavre transportée dans une charrette des morts le jour où elle se rendait dans son lieu d'autre monde.

*

Alberti en 1450 : « Je trace d'abord sur la surface à peindre un quadrilatère de la grandeur que je veux, fait de quatre angles droits. »

*

J'appelle fauves les êtres indomesticables qui règnent dans tous les corps sexués qui restent du monde animal, y compris les nôtres.

J'appelle songes les séquences d'images involontaires projetées sur la paroi interne de la caverne céphalique de si nombreuses bêtes vivantes, au cours de leur sommeil, y compris le nôtre.

Toutes ces silhouettes qui apparaissent, sans que la volonté y soit pour rien, sont soit des fascinants de la faim, soit des sidérants du désir.

Exactement comme l'oracle cherche à engourdir le cours des jours qui vont venir, les peintures ombrent, hèlent, attendent, hallucinent, préparent. Elles sont l'instant d'avant. Du perçu, la saisie n'a lieu qu'au passé, quand on a survécu. Le contemporain est le perdu. Comme l'historique est ce qui n'est plus visible. Comme l'enfance c'est-à-dire l'in-fantia c'est-à-dire la « non-parlance » originaire définit ce qui n'est pas conscient dans l'âme une fois qu'elle a été envahie par le langage du groupe.

Je consacre ce x^e^ tome à « l'attrait » de tout ce qui est faux dans l'art et dans le rêve.

L'image manque depuis son passé sans présent. L'image se tient très loin en amont des hommes et du langage symbolique qu'ils peinent à acquérir des années après qu'ils sont nés.

Sans que nous fussions présents, d'autres êtres que nous-mêmes nous firent et c'est en cela que nous sommes. Les grands mammifères qui nous dévoraient, vivipares comme nous, rêvent *encore plus que nous*. Le verbe « esse » au fond de notre « essence » est notre absence dans l'étreinte d'autres êtres que nous, et aussi nus que nous, qui nous engendrent après qu'elle se sera dénouée. La structure fondamentale du temps pour les post conçus, pour les post embryo, pour les post fœtus, pour les post naissants, pour les post infans est indépassable. Nous sommes tous des ayant été sans y être. Toutes les œuvres d'art sont tyrannisées par ce déploiement qui a lieu à partir, non pas du passé, mais du jadis invisible, sexuel, intangible, imaginaire, violent, aïeul, irréel, qui précède le viol de l'âme par le langage. Ce déploiement ne cesse de *pousser* dans l'âme ses rêves comme dans la nature ses formes. C'est la pulsion. La profondeur à partir de laquelle toutes les images du monde surgissent est celle du temps. Surgir de l'Origine. Surgir indépassable qui émerge lui-même – expulsé comme nous au cours de la naissance – d'un « premier monde » loin en deçà de l'apparaître.

CHAPITRE IV

Le quatuor sifflé dans les latrines

Le Führer fit don d'une ville aux Juifs. Cette cité s'appelait Theresienstadt. Arnost Weiss y arriva le 30 janvier 1942. À son arrivée il fut affecté au bâtiment du Cavalier. Il ignorait où était situé le bâtiment. Il demanda où il se trouvait. Il pénétra dans la baraque. Il en ressortit aussitôt et se rendit aux latrines.

Alors qu'il rendait son eau, il se mit à siffloter la partie de second violon du quatuor Rasoumovski de Beethoven.

De l'autre côté de la cloison, la première partie fut sifflée en écho par le docteur Freudenthal.

Egon Ledec, Viktor Kohn s'associèrent à eux.

Ils sifflaient comme des oiseaux.

C'est ainsi que se forma le premier quatuor à cordes du camp de Terezin avant qu'il fût déporté dans le « lieu où mourir ».

CHAPITRE V

Le secret de Robert Nanteuil

Le don de ressemblance que possédait au plus haut point Robert Nanteuil le Peintre fut remarqué par tous ses proches avant qu'il eût atteint l'âge de raison c'est-à-dire avant qu'il eût vécu sept ans. Ce don semblait miraculeux parce que la main de l'enfant avait quelque chose d'infaillible. En 1658, un jour d'avril, le jeune roi en personne, devant Monsieur Colbert, tenant dans la main un portrait que Nanteuil venait de faire de lui, fit constater par « ordonnance royale » le *Secret de Monsieur Nanteuil pour rendre infaillible la ressemblance par ses crayons.* Le mot de « secret » qu'emploie Louis XIV dans son décret possède encore le sens ancien. Il s'agit de ce qui se met à part du reste. Secret c'est le verbe romain se-cernere. Dans le secernere qui fait le secret le verbe cerno dit qu'on produit une ligne qui sépare. Le mot séparé renvoie lui-même en latin au verbe secare, couper, d'où proviennent les sexus des êtres qui se reproduisent par le sexe qui les différencie mais aussi les oppose en deux mondes distincts, hétérogènes, les déroute, les attire, les hante. La faux de la mort se dit en latin fenisex car ce qui coupe le foin ressemble à ce qui coupe notre espèce en femmes et hommes à la naissance comme elle tranche la vie par la mort. Le milieu vivant se scinde en deux sexes – femmes et hommes – à partir d'une ligne vide qui sépare – comme la mort – les désirés et les fantômes. Dans le monde des vivants une lettre surgit parfois sur cette ligne vide ou soudain se résorbe. Les corps de la même espèce, comme ils se distinguent entre sexe externe et sexe interne, dont la présence ou l'absence les marque ou les démarque, s'offrent soit à la création érigeante et visible des images des fauves, des dieux, des héros, soit à la reproduction utérine et invisible des portraits crachés des ascendants. Soit homme, soit femme. Soit création, soit reproduction. C'est ainsi que « secret » dans l'expression « vie secrète » rejoint en même temps « créer » et « sécréter ». Excrementum a le même sens que séparé : dis-criminé. Crise et critique, en langue grecque, ont le même sens – au point que le « crime » est d'abord un jugement qui distingue les hommes entre eux selon la qualification de leurs actes. L'homme cache son excrément comme il le fait de sa nudité sexuelle, comme il cherche à le faire de ses sentiments, de ses crimes, de ses envies, de ses chasses, de ses mauvais rêves, de ses peurs qui sont pourtant souvent les mêmes que celles que les autres animaux ressentent. La pudeur a pour première origine la défécation soustraite aux regards de ceux que l'on redoute. La pudeur bien sûr n'est pas qu'humaine. La plupart des félins dissimulent impatiemment cette part d'eux-mêmes dont ils se séparent. Ils la recouvrent d'une espèce de sable, de brins de mousse, de feuilles bruyantes qu'ils assemblent puis, pris d'une hâte subite, qu'ils amoncèlent furieusement sous les coussinets de leurs pattes. La mise à l'écart de soi-même du groupe concerne la mise à l'écart du corps-qui-vient-du-corps. Il s'agit toujours de ne pas être mangé. Car être vu c'est être pris, et être pris dans les serres, dans les griffes, dans les incisives des mâchoires – c'est aussitôt être mangé. Qui ne sait cela dans l'air qui l'entoure ? Tel est le « mauvais œil » puisque tout ce qui regarde envie et tout ce qui envie tue et absorbe. C'est Jupiter, l'œil. Dans l'excrément qui se détache du corps l'intime qui s'invente se rompt en quatre : la posture, le bruit, l'odeur, la trace. D'une même façon au terme de la création l'interne devient externe. Le soi se sépare de lui-même au terme du corps. Le moment où a lieu cette séparation est le moment le plus vulnérable du temps créateur.

1. Il s'offre à la mort. 2. Il signale la mort.

Chez tous les animaux la bête qui est blessée, l'ours touché à mort, l'homme mourant lâche ce que contient son ventre dans la peur, dans la souffrance, dans l'inconnu, dans l'agonie.

Faire sous soi, c'est mourir.

*

Les infirmières poussaient le lit à roulettes dans le couloir glacé. Quand j'ouvris les yeux, dans la salle de fibroscopie, en contrebas de la civière, je vis un seau bleu. Le médecin vidait mes poumons du sang qui s'y était épanché à l'aide d'un tuyau en caoutchouc qu'il avait doucement glissé dans une de mes narines ; l'extrémité de ce tuyau en caoutchouc se déversait dans le seau en plastique. Je me trouvais à l'hôpital Saint-Antoine, où je me « séparais » de mon sang. Je ne projetais pas seulement mon sang dans le seau bleu, je ne vomissais pas seulement mon sang à gros bouillons sur l'oreiller en dormant, j'excrétais aussi ce que j'en avalais inévitablement avant de le rejeter. J'expulsais sous forme d'excréments le sang que j'avais digéré des jours durant puisque je ne mangeais plus que cela : mon sang. Je me nourrissais de moi-même. On m'avait dit que je n'avais plus que quelques jours à vivre mais le fait même de me manger moi-même, de me digérer moi-même, de me chier moi-même, je ne sais pourquoi, cela choquait extraordinairement ma pudeur et même le fonctionnement de mon esprit.

Se dévorer me paraissait constituer une faute logique comme peut le sembler l'inceste chez les vivipares. On ne rentre pas par où on est sorti. On ne mange pas son corps. Il y a un paragraphe de Voragine qui commence par cette phrase étonnante : Celui-là seul peut enlever la pâleur de mes joues, qui connaît ce qui est caché.

Cela peut être l'amour, si l'amour est primaire.

Il y a quelqu'un dans le monde qui me connaît mieux que je ne me connais moi-même.

Alors, tout en essuyant ma bouche pleine de sang avec ces grands rouleaux de papier qui servent à la cuisine pour sécher la salade, pour nettoyer le plan de travail, pour dégraisser les poêles de leur huile, je noircissais des feuilles de papier disposées sur la table roulante que l'hôpital avait glissée au-dessus de mon lit et que je tirais au-dessus de mon ventre. C'est sur ce plateau en formica un peu moite et blanc d'une table roulante, qui m'arrivait au menton, que je composais mon *Uber die Liebe*, mon *De amore*, mon espoir de *Vita nova* – cette suite de fragments que j'intitulerais plus tard *Vie secrète* et qui formerait le cœur de ce que je souhaite désormais écrire avant de mourir, – c'est-à-dire avant de me séparer de la vie dans la mort et non plus de mon sang dans un seau. Une porte si mince me séparait de ceux que j'avais aimés. Je la touchais. Une porte très mince me séparait du monde des ombres se fondant dans une nuit tellement plus profonde qu'elles.

Tellement plus dense et sauvage et animale.

Il y a deux portes qui mènent au rêve : une d'ivoire, une de corne.

Il n'y a qu'une pictographie agissante au fond du monde humain : ce sont les deux sexes quand ils entrent en contact.

Et il n'y a que deux imagos dans le monde innombrable des images : car il n'y a que deux sexes à sa source.

Mais il n'y a qu'une porte perpétuellement entrouverte qui mène à l'autre monde de la vie : c'est la mort. Elle est le court-circuit de ce contact – qui tend et qui distend la peau du monde.

Cette porte légère, ce papier aussi blanc que l'ivoire, cet écran qui se déroule et se déplisse, cette cloison glissante et fragile, cette si fine peau du ventre tendue entre le fœtus replié sur lui-même et le jour externe qu'il ignore, ce mince velum entre la vie et la mort, cette pauvre membrane pâle, c'est l'art.

C'est pourquoi tous les premiers musées du monde dans la sapience des Sapiens – comme dans la profondeur des Néandertaliens – furent partout des tombes.

J'aurais désiré recevoir du *syndicat de la solitude* – comme Nanteuil des mains du roi de France – un *brevet d'abandon*.

CHAPITRE VI

La joie de l'art

Dans l'héritage des Robineau il y avait un piano Aucher. Il se voit toujours dans la chambre des parents à Saint-Sauveur-en-Puisaye, même si les girandoles qui entouraient le porte-partition ont été dérobées. Colette était une prodigieuse pianiste qui ne l'avoua jamais. Elle ne s'approchait du piano que si elle était sûre d'être complètement seule dans la maison d'été – ou une fois la porte refermée au dernier étage de l'appartement du quai des Grands Augustins, à Paris, que Willy appelait son *Venusberg*.

Je suis souvent monté dans ce « Venusberg » le violoncelle à la main.

J'y ai joué de nombreux duos jadis avec mon ami Henry Gauthier-Villars, mort soudain, sans que j'eusse le temps de l'apprendre et de l'accompagner à sa tombe. J'enseignais le latin à ses filles.

C'est ainsi que personne n'entendit jamais Colette jouer du piano alors qu'elle en joua passionnément toute sa vie.

Jouer seul.

Le seul, le « sans personne », est la joie de l'âme.

Le « sans adresse » est la joie de l'art.

Tous les êtres vivants ont avancé leurs mains sur eux-mêmes dès l'instant où ils étaient sûrs de ne pas être vus.

Tous les sexués connaissent la conception (un corps unique se développe seul dans la pénombre d'un lieu inconnu), le rêve (on rêve seul, seul dans son secret, les paupières refermées), la masturbation (on jouit seul, à l'écart de tous, dans le silence sûr, dans le regard de personne).

CHAPITRE VII

Le clavecin de Naples

Sous le règne du roi Charles, à la cour de Naples, les collections Farnèse avaient toutes été décrochées. Elles étaient à moisir sous les escaliers parce que les goûts avaient changé. Notamment une œuvre du Corrège avait été déposée sous l'escalier dans un recoin où il était commode de se soulager quand on entrait, ou quand on sortait. Le président de Brosses a écrit : « Les seigneurs s'amusaient en pissant à faire des dessins sur la poussière qui recouvrait la toile d'un Corrège. Le roi Charles tenait ses parties génitales à pleines mains et visait en formant des auréoles d'urine autour de chaque visage comme s'il s'était agi de la tête d'un saint. » À la même époque le roi de Naples fit fouiller Herculanum. Sir Horace Mann a raconté que ce même roi, petit-fils de Louis XIV, avait détérioré tous les gobelins de Pitti en tirant à l'arc sur les yeux des oiseaux des tapisseries pendues sur les murailles. Tous les yeux qu'il voyait l'observer paraissaient lui porter malheur et désirer sa mort. Sa passion pour la chasse était telle qu'il ne pouvait voir sur une tapisserie la silhouette d'un cheval sans lever la jambe comme pour le monter.

Il criait tout seul soudain.

Il visait.

Il tuait tous les animaux qui étaient sur les images.

*

Le roi Ferdinand, au contraire de son père, était amateur de musique. Quand il descendait ses chausses et qu'il allait à la chaise percée il demandait qu'on l'entourât ; la reine Marie-Caroline se mettait au clavecin ; tous les seigneurs et les pages de sa cour accompagnaient son effort en chantant ; il affirmait que grâce à la musique il ne se perdrait pas tout entier dans le trou de sa chaise.

La reine Marie-Caroline était alors âgée de dix-huit ans. Elle ne s'était pas encore remise de la séparation à laquelle elle avait été contrainte d'avec sa soeur cadette, Marie-Antoinette, qui avait été placée sur le trône de France.

— Plutôt que de nous marier, avait-elle coutume de dire, l'on aurait aussi bien pu nous jeter à la mer.

*

Le matin où on annonça à la reine de Naples que sa petite sœur avait été décapitée par les Français, Marie-Caroline était au clavecin. Elle le referma et prit, à partir de ce jour, toute musique en horreur.

Elle cessa de secourir son mari quand il cherchait à déféquer, assis dans sa chaise, le matin, sur le plancher de la grand-salle, dans les chants a capella des seigneurs qu'il dirigeait des mains afin de couvrir le bruit qu'il faisait.

L'origine de la musique n'est pas grandiose.

Elle s'enferma dans son cabinet de travail. Elle amoncelait les portraits de sa sœur au dos desquels elle gribouillait d'étranges et longs serments. Elle faisait des listes des vengeances qu'elle se promettait de commettre dans le dessein de lui rendre justice. Elle était devenue une espèce de sorcière qui confectionnait ses sortilèges.

Les Jacobins se soulevèrent à Naples.

Le Vésuve ensevelit Torre del Greco sous la lave.

Jusqu'au château de la reine, tout fut couvert de cendres.

CHAPITRE VIII

Sur la presque nécrose de l'autre sexe en nous

On raconte que tous les mammifères supérieurs y compris les hommes, dans le premier âge de leur développement, présentent une période d'indifférenciation sexuelle où apparaissent les ébauches des conduits génitaux des deux sexes. Puis intervient une période de différenciation au cours de laquelle les conduits du sexe opposé sont anéantis. Il s'agit d'un suicide cellulaire comparable à celui qui aura lieu lors de la création enthousiaste et subite de la mort, à l'intérieur de notre corps, au terme de tous les jours dont nous aurons bénéficié quelques dizaines d'années durant.

Nos joies étranges tiennent à cette « quasi-nécrose » de l'autre sexe en nous.

L'amour y naît comme une ombre déjà.

Il y a un perdu qui règne avant même le royaume.

Nous surgissons dans le jour avec, si je puis dire, un sexe qui persiste sur deux sexes qui s'ébauchaient.

C'est ainsi que toute vie humaine connaît une source sexuelle inconnue à sa « substance », et qui est antérieure à son « existence ».

Une nostalgie se mêle à l'origine, dès la morphogenèse.

La conception n'est jamais contemporaine du coït.

Un laps les sépare – qui est la chute même.

Plus tard les deux grandes phases sexuelles (prégénitale, génitale) « rebondissent » dans la sexualité masculine selon deux phases indomesticables : inexcitable, excitable. De la façon la plus brutale qui soit, à la joie de la volupté où la vie piaffe et s'impatiente succède immédiatement la détresse du « dégoût de la vie ». Voilà la porte à double battant qu'ouvre le bonheur. Il est si curieux que les Romains l'aient appelée Taedium vitae (Dégoût de la vie).

*

La défécation génère une odeur dont l'humanité adulte se détourne avec un « dégoût » qui est unanime. Les mouches vertes et les chiens ne partagent pas cette réprobation. Rembrandt était le fils d'un meunier de malt qui vivait à Leyde. Il eut un frère cordonnier, un frère boulanger, un beau-frère cabaretier : il y avait là de quoi vivre. Lui, Hammenszoon Van Rijn, dit Rembrandt, se fit peintre. Il était monté à Amsterdam et il vivait dans la Breestraat. Il n'était pas particulièrement délicat mais il faisait reculer ses visiteurs, ne souhaitant jamais qu'ils regardassent de près sa peinture, sa manière, sa matière. Il disait :

— Monsieur, je pense que l'odeur de merde vous gênerait.

Il mourut au Rozengracht c'est-à-dire « Quai des roses ».

*

Quand la désintégration menace l'humain, quand la chute – le lapsus sans fin du dévoré, le lapsus sans fin de la mort – s'ouvre soudain sous les pieds de celui qui se tenait jusque-là debout sans y penser – courant sans songer plus loin que sa propre vitesse –, quand l'angoisse de la transe évanouissante attire l'âme et entraîne insensiblement le corps dans son vertige, quand les bras s'élèvent, s'écartent du torse et se projettent instinctivement en arrière, quand les jambes commencent à tituber dans une subite rotation où les fesses et le sexe tournoient, on s'évanouit, on sent qu'on tombe, les jambes lâchent, on meurt.

Alors il faut que l'acolyte de la femme ou de l'homme en transe tende les bras, porte le corps un instant avant qu'il le dépose sur la terre. Alors il lui faut le soutenir – ce corps qui tombe – comme la mère tient le nourrisson qui s'effondre sur ses propres jambes comme une chiffe molle.

Chiffe molle dans le laps inexcitable.

Chiffon qui est l'aïeul du papier.

Vieille peau de la poche placentaire déplissée comme une longue toile, comme un drap, ou plissée comme du papier qui se froisse au bout de nous, comme le bout du sexe qui a joui se recroqueville à la façon dont un escargot se rétracte sous sa coquille dès l'instant où son œil protubérant et visqueux touche la cause de sa peur.

À la manière de la tête de la tortue qui rejoint subrepticement, à la moindre alerte, l'abri de sa carapace.

Singulier abri que cette poche qui défaille !

Il est comme le délivre qui tombe, au moment de la délivrance, à côté de l'enfant qu'il protégeait.

C'est peut-être cette étrange enveloppe qui naît, plutôt que celui qui crie à son côté.

*

Ni le réel, ni la mort, ni le fond de l'âme, ni la conception, ni la vie qui germine, ni le temps qui invente l'espace, ni l'inflation qui soulève l'espace en tempête, qui dévaste continûment le fond du ciel et le rebroie en nuit, ni l'étoile du soleil qui surplombe les hommes et qui les irradie, qui en oriente les heures – qui se donne à manger aux plantes et aux fleurs –, ne se regardent de face.

Nous fermons les paupières, origines des voiles sur ce que nous ne voulons pas voir.

Nous les plissons.

Nous fronçons le pli au centre des sourcils, centre du chiasme du jour et de la nuit.

Nous abaissons le front comme des bêtes offensées.

Et enfin nous poussons, nous lançons des mots, fruits des voiles et vestiges des gémissements, pour ne pas voir ce qui se dresse et qui fut notre source. Le pallium sur la tête des mariés à l'église dans le Rit romain, on l'appelait le poêle, on l'appelait le dais, on l'appelait le carré, on l'appelait le patino. La velatio nuptialis est plus ancienne que le don de l'alliance nuptiale – qui n'est que l'anneau servile des esclaves de l'ancienne Rome glissé à l'annulaire gauche de l'épouse, en sorte qu'elle se souvienne de la chaîne de sa servitude ainsi que de l'obéissance que doit le corps humain dont les membres sont enchaînés à ceux qui le précèdent, dont il dépend, et qui le blesse.

*

Trois conséquences découlèrent du port obligé des vêtements pour les humains : l'indiscrétion mentale, la surrection de l'unique visage et l'exhibition incontrôlable et excessive de son émotion.

*

Les peintres du Fayoum avaient conçu cette ruse pour souligner une impression de vie plus intense, et même pour apporter un peu de luminosité divine aux visages de ceux qui étaient morts.

Seuls les visages étaient peints à la cire, étaient cuits, venaient luire sous le fer brûlant.

Tout le reste des vêtements et du fond était peint à la détrempe, plus poreuse, plus terne une fois séchée, dans l'eau du premier monde.

*

La dense enveloppe aérienne dont Jan Van Eyck se mit à envelopper les objets – autour, en halo, derrière eux, en aura au lointain, en profondeur – donne à chacune des images qu'il a peintes une force qui insiste dans la vue de celui qui contemple beaucoup plus qu'il ne serait possible dans la lumière réelle qui tombe de l'étoile solaire. La clarté particulière au nord de l'Europe n'est pas si vive ni si zénithale. Van Eyck souhaitait qu'une espèce de surgissement des volumes s'ajoute à leur perception. De la même façon que le désir sexuel chez les humains fait surgir et luire le jadis aïeul, antérieur, irréel, montant de l'autre corps qu'il dénude, l'amplifiant.

*

Le verbe français « inventer » provient du verbe latin « invenire ». Inventer c'est, mot à mot, faire venir. Il s'agit de faire venir au jour, non pas du fond du passé, mais du fond de l'être, des formes non pas originales, et singulières, mais originaires, et infinies.

Les Anciens ne disaient pas, pour nommer leurs ancêtres mythiques, les « Anciens » mais les Priores. Les Premiers dans l'ordre du temps.

Faire venir le « Il arrive » au sein des Arrivées en direct, telles sont les « danses » pour les pieds qui avancent, tel est l'offertoire pour les mains des orants qui se dressent, tels sont les chants pour les bouches qui s'ouvrent irrésistiblement dans la joie ou l'adieu.

Comme la beauté irradie les jeunes femmes, avant que la mère enfle tellement en elles qu'elles se déchirent dans la reproduction du monde social.

Comme la vigueur chez les jeunes hommes, avant que la guerre les attire et les anéantisse sur la ligne de front dont la rigole de sang fonde et borne les nations les unes à côté des autres.

Comme le printemps éclôt absolument dans la nature avant que le cercle des saisons se referme et que la nuit de l'hiver stérile en perde le souvenir dans l'obscurité presque totale et si angoissante de novembre.

Comme le tout petit soleil après le terme de la nuit, avant la peine du jour.

Un éternel nu, cru, intense puisque tel est le vivant : nu, cru, intense.

L'art brut, cru, nu, sauvage.

Nu, cru, intense, adjectifs du jadis.

*

En Inde on appelle madra ou godhani les dessins blancs exécutés uniquement par des femmes, avec de la farine, sur des bouses de vache qui avaient été lissées sur des linges de lin ou des grandes nappes de coton.

Ce sont des œuvres sublimes qui réalisent les rêves.

Superpositions de fécondité qui poussent le visible à apparaître à partir du visible qu'elles montrent.

Des pêches miraculeuses, qu'on pose le long de la rivière.

Des moissons surabondantes, qu'on plante au milieu du champ.

Des troupeaux innombrables, qu'on tend sur la lande.

*

La peinture à la semence au bout du pinceau, tel est le coït. Le mot français pinceau vient du mot latin penicillum, petit pénis. Portraits crachés des aïeules et des aïeux, les femmes, les hommes, tous transitant par un trou de sang à partir d'un pinceau de sperme. C'est ainsi que, comme le désir, le rêve, le fantasme, le fantôme, l'art est à jamais *figuratif.* Tout le reste n'est que *décoratif.* Ornement, garniture, ameublement, habillage, séduction, joliesse, confort.

*

Si une aura vient entourer le corps qui s'est « déshabillé », cet étrange cerne, cet étrange halo n'est pas dû qu'au désir de celui qui voit. Dans ce qui « dé-vêt » la personne qui fait face, une fois qu'elle se retrouve nue, sans secours, sans linge à portée de main, sans retraite possible, au-delà de ses vêtements, de ses genres, de ses rôles, ce qui se donne avec la nudité de la personne humaine est plus vulnérable que l'impulsion de vivre.

Alors apparaît quelque chose de plus ancien que la langue humaine qui a été acquise au terme de l'enfance.

Quelque chose de plus lointain que le jour où on naît – et qui a la pâleur de la nuit stellaire ou de la lueur lunaire.

Quelque chose qui à la fois est humble (terre, humus, humilis) et fier (ferus, animal, primaire, premier), et qui enfin est silencieux (non linguistique, qui ne se nomme pas).

*

L'aura désignait dans la Rome ancienne la brise immatérielle qui enveloppait un héros lorsqu'il apparaissait sur la terre. La fécondation humaine, dès sa source, est picturale et tinctoriale. Alors qu'elle sort du pénis toute blanche, elle se décolore et devient translucide. Pierre Molinier défaisait sa ceinture, sortait son sexe et recouvrait chacune de ses œuvres de sa propre semence patiemment éjaculée des jours durant, étalée, lissée sur ses images. Car seuls les hommes, parmi les autres animaux, font le lien qui va de cette substance blanche au petit visage luisant d'une eau souterraine écartant un jour les lèvres basses pour apparaître dans la lumière solaire du monde, lors du couronnement.

Ils disaient que la figuration humaine s'opérait par la vapeur qui émanait de la blancheur du sperme.

Ils nommaient cette singulière exhalaison aura vitalis.

Pour les hommes : aura seminalis.

Pour le pollen : aura pollinaris.

Le rayonnement artisanal de l'or créait une aura sur les statues des dieux que les anciens hommes d'Ur et de Sumer mettaient plus haut que tout en sorte qu'elle sidère comme le soleil même au-dessus de la terre, une fois que la Nuit l'avale et le soustrait.

Thèse : Le sentiment d'excitation ou la sensation d'angoisse – à supposer qu'on puisse démêler l'un de l'autre – est l'une des plus merveilleuses auras psychiques qui soient dans la nature.

*

D'une façon si privilégiée il se trouve que le mot français orage vient du mot latin aura.

Une brise très particulière précède l'orage et même avertit de la transsubstantiation du ciel qui va le bouleverser et surgir.

Un suint, une angoisse, une excitation, un mixte de râle et de murmure, une vapeur invisible et pétrifiante accompagnent la nuée de l'orage qui monte.

Une fébrilité aussi l'entoure.

Une luminosité extrême et immobilisante émane de cette brise qui vient habiter le ciel avant que les nuées assemblent leurs différents noirs, denses, informes, extraordinaires, au-dessus des hommes.

Un sentiment de source presque divine, en tout cas inhumaine, particulièrement silencieuse, procédant du ciel en personne, s'étend peu à peu aux branches, aux animaux, aux avoines, aux sources. Tout cela définit l'atmosphère orageuse, tempétueuse, imminente : c'est-à-dire l'aura où l'art s'avance.

CHAPITRE IX

Hipparchia et Kratès

Hipparchia ne s'épila jamais. Elle aimait abandonner son corps à la nudité et laisser cette nudité à l'état de nature. C'était au point que les Athéniens disaient du sexe si velu de l'épouse de Kratès : C'est la tunique d'Hipparchia.

Quant à Kratès et sa si longue barbe, les Athéniens disaient : C'est le manteau de Kratès.

Ce sont les deux voiles archaïques.

Ils s'aimaient en public.

Le « manteau de Kratès » et la « tunique d'Hipparchia » s'accordaient. Ils étaient comme des ours que l'on voyait se prendre sur l'agora. L'un emboîté dans l'autre ils tissaient devant Athènes scandalisée, se retenant de rire, leur « velatio nuptialis » sauvage.

*

C'est le rire « homérique » des dieux sur l'Olympe quand Hélios leur montre, dans l'aube, Aphrodite et

Arès immobilisés par le filet magique au summum – à l'instant sommatif, sommital – de leur étreinte.

*

Sur la côte de Chypre Aphrodite contemple, suspendus devant elle, les organes sexuels de son père tranchés par Chronos et tombés dans la mer.

*

Tantale, les deux jambes immobilisées, les deux poignets de ses mains entravés, regarde les fruits merveilleux qui pendent sous son nez. Ils sont à la limite de ses yeux. Sous l'effet de la brise ils oscillent. Ses sourcils pourraient presque les effleurer. Mais son cou est enserré dans l'anneau de bronze. Il ne peut pas manger.

L'eau claire s'écoule à un centimètre de ses lèvres. Il ne peut pas boire.

Les anciens Grecs imaginaient pour leurs dieux de si étranges destins.

*

Aristote a écrit : les mysteria comprenaient trois parties : les drômena, les legomena, les deiknumena. (Les « choses secrètes » comprenaient des actes, des paroles, des monstrations.)

Des cortèges, suivis de récits, entraînent des dévoilements, qui ont lieu en silence (mystikôs).

En grec le mot hiérophante désignait le prêtre qui était chargé de procéder au dévoilement sacré du sexe caché sous le liknon dans le van.

En latin ce phallos caché de Dionysos, laissé sous son mouchoir dans la corbeille d'osier, reçut le nom de fascinus.

*

Il se cache, le sexe.

Il tombe.

Il ne tient pas.

Sur l'une, il semble qu'il ait disparu. Sur l'autre, il ne parvient pas à demeurer dressé.

Le procédé le plus souvent employé par les peintres des vies silencieuses consistait à installer en porte à faux sur une niche ou sur le rebord d'une table des objets menaçant de tomber.

Ils pendent.

La pelure de citron.

Le ruban cramoisi.

Et en saillant vers nous ils rompent la distance qui sépare les choses peintes de celui qui les voit.

Ils débordent de la fourche des jambes, ils débordent du bord de la table, ils débordent du rayon de la bibliothèque, ils débordent du cadre qui entoure le visible et qui cherche à contenir la scène. Car l'encadrement de ce qui est peint cherche à emprisonner le désir.

C'est toujours l'impression d'un vertige au-dessus du vide.

Ce qui se tient derrière ce vide, c'est la mort.

C'est exactement : tomber sans pouvoir se relever. C'est donner à ressentir la menace ou la potentialité de tomber, de manquer tomber, d'être sur le point de disparaître, d'être castré, d'être décapité, d'être perdu, de défaillir, d'être pris de vertige, de mourir.

CHAPITRE X

Il y a des paysages qu'on retourne immédiatement. Ils appellent l'autre monde. Leur revers attire impatiemment. On les appelle les cartes postales. On retourne l'image et on lit. Dès qu'on lit, l'image est retournée, on entre dans le langage. Le monde primaire est perdu. La lecture de la lettre est une image perdue.

La langue parlée et acquise et l'image involontaire et sauvage s'opposent comme le jour et la nuit.

La pensée sociale et la rêvée animale ne sont jamais contemporaines, jamais synchronisables. On ne peut déduire l'histoire du monde humain de la diachronie de la nature. Mais il y a une laisse de mer qui tour à tour s'étend et s'engloutit entre les deux mondes. Comme le filet d'Héphaïstos s'ouvre et se referme sur l'étreinte sexuelle quand le dieu Soleil vient se lever et le mettre en lumière sous le regard des dieux. Il y a un chemin de Dieu qui parfois se présente entre les rouleaux de l'écume et la paroi de la falaise qui incessamment s'effondre et produit son sable entre la mer et elle.

Comme chaque lettre de l'alphabet européen – protosinaïtique, puis phénicien, puis grec, puis hébreu, puis latin – est une silhouette qui tourne sur elle-même d'un quart de tour en sorte de rejoindre la ligne d'horizon où finalement elle se fixe.

Chaque lettre est un visage perdu au sein de ce qu'on lit. La lettre phénicienne alf, la lettre hébraïque aleph, la lettre grecque alpha, la lettre latine a est une tête de taureau qui se retourne à partir de la gauche et tombe tout à coup sur la droite. On tournait la carte postale et, en un tournemain, on donnait congé au visible et au site. On faisait se renverser la perception en lecture. Le milieu s'oubliait dans la signification. On faisait surgir hors de l'image la pensée et tous les noms un à un revenaient. On faisait surgir de dessous de la face perdue la voix, l'intonation, le débit, l'afflux, le souvenir de la présence émouvante, le cri d'appel qui lui avait été donné.

*

Je cherche à méditer cette allergie humaine à la scène originaire dès l'instant où elle est représentée.

Cette répudiation n'est ni consciente, ni inconsciente.

Ce n'est même pas de l'autodissimulation puisque cette scène primaire ou primitive persiste à rester obsédante dans les rêves, dont elle motive les rébus.

Cette étrange autofalsification est peut-être onirique. La vision éloigne de l'objet afin de le rendre visible. Il y a une hallucination lancinante de ce qu'on ne possède pas qui entrave toute perception réelle.

Le souvenir de la connexion coïtante est à l'origine des langues, à partir desquelles la négation linguistique et l'opposition symbolique avancent leurs deux mains incessantes pour tendre leurs écrans, leurs boucliers, leurs lances, leurs masques à la bouche ronde, grande ouverte, aux yeux vides et terrificateurs.

*

C'est ainsi qu'il faut débuter les chapitres dans les histoires qu'on note : très vite. Comme d'un jet. Comme la première des lettres. Comme un taureau qui fonce.

Avançant le pied gauche dans le jour et le monde, pied droit scellé pour toujours dans la porte d'Éden.

Il faut toujours ouvrir à partir d'un retour sur soi qui tout à coup affronte.

Comme la brusque volte-face des sangliers.

*

Il est vrai que des suites d'images ont précédé pendant des millénaires les langues dans les crânes des hommes de jadis.

Les parois des grottes ont précédé les briques crues des livres comme les chapelles des chœurs des cathédrales, comme les peaux des imprimés.

Il est vrai que les rêves et la conscience se sont opposés progressivement comme l'avers et le revers d'une pièce métallique chez les hommes plus récents.

Plus jamais ils ne peuvent être vus simultanément, ou côte à côte.

La rêvée et la pensée sont indétachables et pourtant elles tracent désormais comme deux sentiers parallèles dans l'espace humain du monde.

Une étrange sexuation – une aversion – séjourne là, qui fait le mystère, où des actions se réitèrent derrière les récits, où des images réapparaissent derrière les symboles, où des morts ressuscitent.

CHAPITRE XI

La chambre non balayée

La tradition donne Sôsos pour l'inventeur de la nature morte.

Pline naquit sous le règne de Tibère. Il avait été l'amiral de la flotte de Misène. Il avait à peu près l'âge qu'aurait eu Jésus si les hommes n'avaient pas songé à le crucifier à l'écart de la ville de Jérusalem sur un mont, clouant ses pieds et ses deux mains sur une croix, face au ciel vide, face à l'orage qui monte en plein jour et obscurcit le monde.

Pline, en 79, debout, sur une grève, mourut en contemplant une rive que l'obscurité enveloppe en plein jour. Observant une ville qu'une pluie de cendres, projetée par un volcan, était en train de recouvrir.

Au livre XXXVI de l'*Histoire naturelle,* Pline l'Ancien a décrit l'œuvre qui avait appelé sur Sôsos, deux siècles plus tôt, une gloire qui fut universelle dans le monde antique : « Dans le genre de la mosaïque Sôsos fut l'artiste le plus célèbre. Il fit à Pergame ce que les Grecs ont appelé une chambre non balayée. » Mot à mot, en grec, une « sale maison ». On donna ce nom grec – asarôtos oikos – à cette œuvre parce que Sôsos avait représenté à l'aide de petits cubes peints de couleurs de toutes sortes les reliefs d'un repas comme si on avait laissé les déchets d'un festin traîner par terre après qu'on avait mangé.

On admire particulièrement une colombe qui est en train de boire : sa tête projette son ombre sur l'eau qui passe. D'autres colombes, comme elles se nettoient le bec sur le bord d'un canthare, offrent leurs corps aux rayons du soleil.

Les colombes sont les oiseaux de la déesse Aphrodite.

Pline écrit « apricantur » : cette « exposition des corps des colombes aux rayons du soleil » a inventé le mot français « avril ».

*

C'est la naissance qui expose soudain les corps venus de l'ombre – relicta, les étranges reliques de l'obscurité que nous sommes – à la lumière d'avril du monde plein d'air où ils tombent tout à coup.

C'est ainsi que les Étrusques affirmaient que seule la déesse Aphrodite était à la source du premier pas que le Temps avait fait à l'origine du monde mortel des Mortels.

Elle tombait du ciel dans la mer, s'éclaboussant elle-même.

Bourses tranchées sous la main du Temps – son père – qui se transforment en cette femme qui tombe dans la mer.

Aphros, en grec, dans le nom Aphro-dite, est l'écume comme l'art, en latin, est l'aura.

Mais Pline l'Ancien ne décrit si longuement que l'emblème céleste et central – un oiseau qui becquette l'eau du premier monde – qu'a dessiné Sôsos sur le pavement.

Il est vrai qu'il ne s'agit jamais, dans une mosaïque, de formes pleines ni continues : il s'agit de fragments, pas plus gros que l'ongle d'un doigt, de tesselles vernissées et cuites.

Sur les trois côtés au long desquels les trois lits de banquet étaient disposés, Sôsos avait figuré, comme abandonnés sur le sol par les hommes qui meurent, les souillures, les purgamenta, les déjections, les excréments, les restes sordides ;

arêtes de poisson ;

tiges ou fanes des plantes ;

débris des fruits de la mer et des arbres ;

cosses, écorces, écales, écailles ;

bogues, mues et robes, côtes de melon, coquilles d'œuf ;

mains, osselets, pattes, griffes, serres, ergots de coq ;

des pédoncules de cerises ;

des zestes de citron ;

des épluchures de pommes pourpres ;

des grappes égrenées de raisin blond que les souriceaux rongent ;

des lièvres qui mordillent une grande feuille de laitue ;

des objets de culte ou de rituel, des instruments de musique, ou de jardinage, ou de cuisine, faits de cuivre ou de bronze.

*

Il s'agit d'une liste visible. Ces listes qui s'ajoutent au visible sont fascinantes. J'aime ces retours de marché qui envahissent la table de la cuisine. Voilà ce qui enchantait Chardin chaque jour vers onze heures : il pleurait en dessinant ce qu'il s'apprêtait à manger.

*

Le pavement de Sôsos fut admiré. On imita cette étrange *excrétion* du meilleur des banquets humains.

Manilius Vopiscus, dans la magnifique villa qu'il possédait à Tivoli, désira faire composer une mosaïque qui surpasserait en beauté et en illusion la chambre non balayée de Sôsos de Pergame. Un poème de Publius Papinius Statius en conserve le souvenir. Une mosaïque d'Aquilée, qui date du Ier siècle avant que Jésus naisse, est extraordinaire de réalisme. Sa minutie fascine. Certains déchets assemblent jusqu'à quatorze tessères pour une surface d'un centimètre carré. Cette « nature morte » virtuose représente

des têtes de poissons décapités ;

des moules plus roses que bleues ;

une seiche grise ;

une queue de langouste ;

des os de poulet ;

trois olives noires, deux vertes ;

des fraises rouge coquelicot ;

des poires jaunes ;

une pelure de figue violacée dont on aperçoit un reste de chair onctueuse et blanche ;

des amandes ;

des châtaignes ;

quelques feuillages qui ne sont pas encore desséchés et dont le pourtour symétrique commence à se recroqueviller.

*

Un pavement mosaïque fut dégagé entre la Porta San Sebastiano et la Porta San Paolo. Il date du IIe siècle. Sur les trois côtés de la salle se succèdent en une large frise

des os de volailles, des coquillages vides, des carapaces rompues de crabes ;

des débris d'écrevisses et des rompures d'oursins ;

des coquilles d'escargots qui ont quitté l'errance au sein des feuilles mortes et rubicondes : c'est la vie mystérieuse d'une maison qui se déplace en silence ; l'ail est leur mousse ; le beurre qui bout leur pleur ;

s'enroulent à leurs côtés des épluchures de poires vertes ;

des écales de noix accompagnent leurs brous ;

les grappes de raisin n'ont pas été complètement égrenées par les petits écureuils – auxquels s'associe aussi une merlette toute dodue et marron ;
un petit rat gris pâle fait son festin d'une feuille de roquette.

*

La mosaïque du domaine que possédaient les Laberii à Uthina est plus flamande. Ce sont des casseroles de cuivre, des épluchures dont les contours sont devenus plus ou moins abstraits, parfois méconnaissables, sur un prodigieux fond noir pour ainsi dire pompéien, ou même égyptien. Des fleurs coupées les scandent en silence. De nombreuses mosaïques sont mises au jour de nouveau chaque année sous les sables de Tunisie, de Libye, de Turquie. Marcel Renard et Waldemar Deonna ont recensé les plus anciennes ; ils leur ont consacré des articles et des livres pour la plupart publiés à Bruxelles durant la Seconde Guerre.

*

Mosaïque est un mot à la graphie si étrange. On croit y lire Moïse. L'ancien français préférait écrire « musique » plutôt que « mosaïque ». « Mousikos anèr » disaient les Grecs pour nommer le lettré. Le « litteratus vir » des Romains est l'homme des Muses des Grecs qui s'est spécialisé dans l'accroissement des livres à l'intérieur de l'espace privé et qui a préféré finalement la lecture à la contemplation. Le lettré sous l'Empire est l'homme qui a préféré le studium à ce que les anciens Grecs appelaient la mystique. C'est ainsi que le pavement de la salle d'apparat est si souvent lié aux « muses » dans ses figures. Comme les tesselles de ces fresques de couleur sont liées au « musée » dans l'inaltérabilité de l'incrustation. Étrange « musique » qui représentait, de façon éternelle, un sol immonde, crasseux, non nettoyé, asarôtos, qui garde la mémoire d'un banquet merveilleux. Étrange soin minutieusement apporté à la poubelle du luxe de la vie heureuse replongé pour l'éternité dans le silence. Les érudits et les archéologues ont échafaudé de nombreuses hypothèses pour expliquer la genèse d'un motif qui peut paraître à plus d'un titre bas et tout à fait susceptible d'inspirer plus de répugnance que d'attrait. R. P. Hinks l'a estimé parfaitement contraire au sentiment que les Grecs avaient eu de la beauté des corps jeunes et vivants. A. Della Seta a imaginé que Sôsos, las des scènes de bataille et des poses mythologiques des déesses dans les nuées ou les arbres, avait conçu pour décorer une salle à manger ce prétexte tout à la fois ingénieux et futile : ce qui n'ajoute rien d'utile à l'idée d'un déchet devenu œuvre. On a prétendu que comme les Anciens mangeaient étendus sur leur lit, comme leur regard se portait spontanément vers le sol, ils éprouvaient du plaisir à y voir reproduite l'apparence des mets qu'ils portaient à leur bouche et dont la saveur ou la rareté les avaient préalablement enchantés.

Gerspach fit remarquer que la contemplation des ordures d'un repas n'avait pas une valeur si puissamment apéritive, et qu'il y avait de la barbarie à exposer devant soi les éclaboussures, les épluchures, les peaux, les coques accompagnées des créatures telluriques, elles-mêmes plus ou moins repoussantes ou maléficiantes, qui s'en repaissent. Aristote fait mention d'un précepte pythagoricien interdisant de ramasser ce qui est tombé de la table sur le sol : « Ta pesont' apo trapezès mè avaireisthai. » Marcel Renard avança l'hypothèse que l'asarôtos oikos renvoyait à la première secte de la communauté philosophique. C'était une Cène que les philosophes s'offraient. Quelques années passèrent. Marcel Renard rejeta l'hypothèse qu'il avait avancée. L'argument est simple. Soit le pavement non balayé eût figuré les aliments défendus. On eût mis devant les yeux un coq blanc, des œufs de poule, un rouget, une oblade, un mulet, des fèves, des mauves. Soit l'asarôtos oikos eût consigné les aliments dont la manducation était prescrite ou favorisée. Ni l'une ni l'autre de ces fresques sectaires ne sont documentées. Aucune mosaïque qui soit demeurée – ou qui ait été découverte depuis – n'est venue confirmer l'une ou l'autre de ces conjectures.

*

Vieux bison éventré qui meurt et qui dégorge ses entrailles. Homme-corbeau qui meurt et tombe à la renverse. Chasseur indien si méconnu qu'un tigre mord puis qu'un tigre dévore.

Comme au paléolithique, c'est la mort qui se tient derrière la peinture.

Ce sont les fauves puis les rapaces puis les esprits puis les mânes qui engloutissent les formes perdues, au-delà des chairs abandonnées aux dents des vivants et à leur Faim, elle, impérissable.

Servius rapporte qu'à l'origine les anciens Romains ensevelissaient les pères à même le sol de la cabane primitive. C'est ainsi que tous les ascendants qui n'étaient plus visibles sous le soleil étaient présents sous le sol domestique. Ces noms et ces ombres se nourrissaient des reliefs de nourriture tombés à terre de la bouche et de la main des vivants – et des libations de vin étaient versées sur la terre en prononçant leur nom. C'est ainsi qu'on commençait le repas : en sacrifiant les mets les plus beaux et en leur adressant, en les désignant par leur nom, et en les aspergeant des boissons les plus suaves. Puis les lieux du foyer et ceux du tombeau se distinguèrent. Les os des morts (les reliques) et leurs préférences (les souvenirs) se discernèrent. Les surnoms patronymiques avec leurs têtes de cire surmodelées furent enfermés dans l'armoire (l'armoirie). Alors on nomma ces têtes de morts en latin des « images » (imagines).

Fauves et dieux, repas et sacrifice, festin et arène, autel et table, banquet et cène se séparent lentement, le long des millénaires, sous forme de conjurations et de rites, quoique rien ne les distingue en vérité dans l'afflux continu.

Car les hommes mangent toujours – comme ils mangèrent toujours – de la mort.

Les hommes vivent de la mort et assaisonnent les chairs ensanglantées de la chasse, absorbées chaque jour, de la beauté de la nature qui est tuée ou défrichée ou cueillie, de la sauvagerie qui a été trahie par l'espèce entière, des saisons disparues. Aussi, après qu'on avait balayé sous la table, on ramassait pieusement les purgamenta cenae dont parle le texte de Pline (les balayures qui étaient entrées au contact avec la sainteté du sol familial) et on les portait au tombeau afin que les âmes qui les avaient hantées y fussent elles-mêmes reconduites.

*

Les premières natures mortes sont des effigies d'offrandes alimentaires. Ces effigies ont duré, au-delà des fleurs, au pied des statues, des bustes, des croix, jusqu'au XVIIIe siècle, en Espagne. Juan Sanchez Cotan à Grenade offrait des tulipes à la Vierge, des lys, des agneaux aux pattes liées (c'est-à-dire des Jésus), des chevreaux aux pattes liées (c'est-à-dire des Isaac), des fruits de la saison (c'est-à-dire des prémices), sous forme de petits tableaux sublimes qui paraissaient plus éternisés que les hosties elles-mêmes. En latin les « hostia » désignent les bêtes qu'on offre en sacrifice.

On plaçait ces « représentats » – ces substituts vernissés et précieux qui ne déshonoraient plus leurs dédicataires, ni ne choquaient plus leurs narines, lors de leur pourrissement – directement sur l'autel, sur la nappe blanche d'autant plus immaculée, au bas de l'effigie du dieu mis à mort.

C'est ainsi que la logique à Rome, sous la royauté, était tout aussi directe, c'est-à-dire contiguë, que dans le chœur de la basilique devenue chrétienne. Tout ce qui tombe par mégarde à terre devient la part de la terre ; tout ce qui devient la part de la terre devient la part de ceux qui vivent sous la terre ; tout débris du repas sacrificiel est un festin symétrique.

En d'autres termes tout repas atmosphérique a pour symétrique, à chaque instant de sa consommation, un repas de Pluton.

Je remarque que dans l'emblème de Sôsos l'oiseau-âme contemple son reflet (son imago, sa tête tranchée) à la surface de l'eau.

Comme tout Narcisse incliné sur la rivière qui est son père.

Un corps, en dévisageant son reflet, parle à celui à qui il ressemble.

C'est au hasard que revenait le soin si périlleux de présider à l'élection de cette part réservée aux psychè des parents morts dont les vivants étaient eux-mêmes comme des sortes de restes, des portraits crachés, des images rapportées, des images de cire, des imagines, des têtes de mort, des têtes de songe – des restes terriblement sujets à ce risque d'être balayés eux-mêmes dans la mort.

Les natures mortes permirent d'offrir aux âmes des morts – représentés eux-mêmes à leur tour sous forme d'effigies, lors de la fête des Anthestéries à Athènes, lors de la fête des Lemuria à Rome – un repas non plus temporaire mais indestructible.

L'illusion en serait si scrupuleuse et si parfaite qu'à tout moment les âmes des hommes et les esprits des dieux se méprissent comme les oiseaux l'avaient fait des raisins de Zeuxis.

C'est nous-mêmes, modernes, qui sentons vivement qu'une nourriture figurée, pour imputrescible qu'elle soit, est plus vaine qu'une nourriture réelle.

Pour des chasseurs errant encore nus, l'épieu à la main, dans la forêt, la feinte est celle, irrésistible, de l'appelant.

Le leurre du faux (du faire vrai) réside en ce point : que les morts s'y trompent comme les vivants s'y abusent – et que les animaux s'y perdent.

Aussi bien sur la plupart des fresques préservées dans les villas d'Herculanum, de Pompéi, de Sorrente, les admirables natures mortes qui y sont représentées sont le plus souvent associées aux effigies des divinités tutélaires, des Lares, des Mânes, des Génies – c'est-à-dire des démons les plus proches qui concernent le lieu, les morts qui y sont inhumés, les naissances qui s'y produisent, les délivres qu'on y dispose en naissant et les parties génitales de ceux qui reproduisent les morts dans les vivants. C'est un fascinus tranché qui est placé dans le van d'osier sur l'autel de Dionysos et qu'un voile dissimule. C'est un festin pétrifié dans son objet comme dans ses participants. C'est déjà une Cène immortelle où on dévore éternellement un dieu mort. Le souriceau qui s'apprête à dévorer les graines ou les grains les désire d'une façon aussi immortelle qu'il est immortellement entravé dans son acte affamé en amont du réel. Ruse cynégétique, antique piège de chasseur dont la parenté, l'amour, la culpabilité sont les proies. Ces mets seraient perpétuellement intacts afin que perpétuellement ils allèchent ceux qui les voient et les retiennent auprès d'eux. Comme ils ne feraient jamais défaut, le don est infiniment (aoristôs) consenti. La protection et la gratitude des âmes aïeules seraient assurées à jamais – ou au moins leur dépit détourné à jamais – et elles le seraient à proportion de la mimèsis du peintre.

Le temps s'écoula et, au cours de l'Histoire, l'identité entre manger, partager, sacrifier, théâtraliser, se divisa elle-même. Festins, fêtes, hiérarchies, cérémonies, sacrifices se ritualisèrent de façon indépendante. À proportion que ces actes se socialisaient davantage, ils se distinguèrent à leur tour dans les personnels des desservants qui les assumaient. Leurs fonctions pour une part se consacrèrent et se firent plus solennelles, pour l'autre se laïcisèrent et prirent une apparence plus ordinaire. Ces offrandes symboliques se firent avec le temps prophylactiques, puis diététiques, finalement esthétiques. On cessa de voir la mise à mort et la consécration dans la notion de beauté. On cessa de vénérer le prêtre dans le boucher. Ce qui avait été plus sacré que les vivants, ce qui saurait être plus réel que le réel, ce qui savait tromper les dieux et les fauves et les esprits, ce dont on escomptait une efficace directe, ce qui assurait une protection certaine, devint faux, ludique, décoratif.

Objets votifs qui avaient été d'abord atterrés. Car mourir c'est tomber. Puis médaillons qui les cernèrent. Puis qui s'élevèrent sur les parois des murs. Car éterniser c'est s'élever. Enfin tableaux rectangulaires comme les pierres de sacrifice, exécutés sur une surface autonome, transportables de demeure en demeure, qui pouvaient être fixés sur les parois dans des encadrements – des petits temples dessinés dans l'espace et volontiers dorés – préparés à cette fin par le mégalographe.

*

Enfin l'épithète « morte » dans l'expression « nature morte », loin de signifier que ces sortes de leurres avaient charge de figurer des êtres dont la vie avait été violemment retirée, se borna à rappeler que ces offrandes vivantes – nues, fraîches, crues, intenses – étaient consacrées aux morts qui en étaient les destinataires. La foi est une anxiété qui vouait cet artisanat singulier à l'illusionnisme et au réalisme les plus scrupuleux. Puis « art » qui prit sur lui la charge de convaincre à jamais – plutôt que de tromper toujours – jusqu'à l'âme des parents décédés, jusqu'aux yeux de celui dont le regard à vrai dire ne cesse de subjuguer après que son apparence corporelle a brusquement été anéantie. C'est ainsi que dans l'art, comme dans le rêve, le mort survit devant le survivant. L'art devient un rituel lié aussi bien aux imagines et aux reliques, à ce qui reste, qu'au « reliquat » – comme un enfant dans le destin qui le concerne et qui est sa propre rebutation dans la solitude, l'air, la détresse, le cri, la faim, le jour. Car nous ne sommes nous-mêmes que les « relicta » d'une scène vivante dont les acteurs sont perdus dans le temps – et comme hors mémoire. Chacun est un « rejeton » qui pousse des radicules à partir de son propre « rejet ». La performance la plus moderne et la plus téméraire reste au fond un rite aussi paradoxal que ce balai soudain retenu dans l'air, qui ne passe plus sous la table, qui conserve les vestiges du repas familial avec la passion fascinée du « reliquaire ». La reliquatio, à Rome, consiste en ce mouvement de laisser en arrière, de derelictio. Le mouvement de l'abandon des faeces – avec juste un petit regard en arrière, presque déjà interdit, ou orphique, ou hivernal, ou mortel, comme le faon du Mas-d'Azil ou le bison de Lascaux.

*

C'est ainsi que le mot reliquiae désigna, en latin, aussi bien ce qui survit des morts que les excréments des vivants. Qu'est-ce qui les discerne dans l'ordre du temps ? L'expression « nature morte », quelque singulière et à peu près dénuée de sens qu'elle paraisse toujours (pourquoi un coq, une fleur, un lapin, une grappe de raisin, attirent-ils sur eux ce nom alors que la représentation du cadavre d'un homme ne peut être désignée de la sorte ?) révèle ici son sédiment profond ; exactement *souterrain* ; déchet lui-même infernal ; vestige d'un culte alimentaire aux morts qui mangent des morts dans les bêtes des morts. Dès sa naissance la peinture est un culte du Perdu. Il s'adresse à la Nuit, sous terre, au fond perdu d'une grotte dont la paroi ultime est le sanctuaire ou bien le reliquaire. Le mot de « crypte » est saisissant. Il dit peut-être mieux l'art que le mot art (technè, ars). Et le procès de rationalisation, et même de laïcisation, dont au siècle dernier on avait coutume d'accréditer l'histoire occidentale depuis la Grèce marque ici son caractère entièrement mythique. Dans les arts les parcours sont conflictuels, jamais linéaires. Comme tous les systèmes de signes, les arts sont plus assujettis à l'opposition linguistique qu'à l'évolution biologique, les formes artistiques n'évoluent pas. Elles se transforment en se défiant. Et plus encore – en s'opposant – elles opposent leur opposition, haïssant le visage qui se reflète dans celui qui le précède. C'est sans fin. Mais ce « sans fin » est désorienté et non pas historique. Il est aoristique. L'art ne chemine nulle part et vers rien. Il se déchire sans fin.

Toutes les memoria (tel était l'ancien mot pour dire la crypte sous l'autel des basiliques), tous les memento mori, toutes les vanitas, se ressourcent à la source la plus ancienne ; à la source immuable ; à la mort ; à la mort *active.* À la *pulsion* de mort. Aux *apoptoses* actives de la mort qui pousse et qui avance.

À ce bison éventré.

À cet homme érigé qui tombe en arrière sans finir sur la paroi obscure.

Poussée de mort qui progresse continûment et que n'apaise jamais le récit controuvé de l'Histoire qui cherche à le diriger dans le temps ou à l'orner de significations.

Orbites vides qui fixent dans le silence.

Bulles soufflées d'air, sabliers, crânes, gaufrettes blondes.

Ô les souvenirs des sons dans la vision des instruments muets et des cordes défaites !

Ô cartes en souvenir des jeux !

Pièces de monnaie qui étincellent dans leur bourse de peau entrouverte en souvenir des richesses !

Sublimes verres à pied en cristal à demi pleins d'un vin rouge, dense, presque noir, en souvenir des merveilleuses ivresses qui président au sommeil !

Fleurs coupées, vous qui êtes coupées en souvenir des vies interrompues.

*

Exactement comme la surface des premiers os appelaient sur elle la gravure des silhouettes dévorées : le gibier originaire était figuré sur sa propre omoplate ou sur son propre fémur.

La flûte à Rome se disait tibia.

Beham, Stoskopff, Chardin, Morandi, Skira, chaque fois que je contemple une des œuvres de ces peintres, je songe irrésitiblement à elles comme à ces reliefs hantés de Sôsos. Mais aussi bien il me faut convenir que dans le même temps, plus que le souci illusionniste du faux comme faire-vrai de l'art (un pavement qui donne si parfaitement l'illusion de ne pas avoir été balayé), c'est, derrière ce faux, derrière la falsification, cette relique même qui me fascine : le déchet de ce qui déchoit, l'intrusion de ce qui « tombe » au sein du monde humain.

CHAPITRE XII

Pane radic vinu pauperis cena

Un peintre vivait dans un village de l'Yonne qui s'appelait Fontaine. Il y avait non loin de là, dans l'antique cité de Sens, un écrivain qui vivait au bord de la rivière. Sa maison était entourée de bambous qui s'accroissaient sans cesse. Sa porte donnait directement sur la rive. Le peintre et l'écrivain se voyaient souvent. Pendant plus de vingt ans ils travaillèrent ainsi côte à côte.

Le peintre fabriquait d'étranges toiles effilochées dans des cadres détruits. Il dressait des pièges du temps où quelque chose qui n'était ni la vie ni la mort germait, poussait, se développait, ne s'adressait à rien. À l'aide de pinces à linge, il accrochait des « jours de lessives » qui tenaient à un fil et qui étaient agitées par des bourrasques et par l'averse. Il disposait sur les étals des marchés des cageots de bois où des poireaux roses et des artichauts bleus étaient offerts à la vente étonnée des passants de Pont-sur-Yonne ou bien de Villeneuve. Il cousait d'étranges drapeaux de fruits que la rosée décolorait.

L'écrivain amoncelait des fragments sans queue ni tête, des rêves, des brèves scènes de théâtre, des subites leçons de ténèbres, des requiems athées, des pensées, des énigmes, des contes.

Un jour, dans le jardin du peintre à Fontaine, tandis qu'ils buvaient du vin rouge, tout au bonheur de se retrouver et de se taire, ils observèrent les hirondelles entrer dans la toiture du cellier. Ils admirèrent en silence le ballet des hirondelles aux ventres presque blancs. L'une apportait sa paille jaune, l'autre sa feuille crénelée de fougère. C'était la fin du jour mais le ciel était encore bleu. De beaux nuages passaient au-dessus des petites cheminées en briques rouges. Alors leurs yeux quittèrent les hirondelles, ils regardèrent, au-dessus des cheminées, passer les nuages. Le peintre dit :

« Regarde comme c'est beau ! Y a-t-il une forme plus belle que la forme d'un nuage qui se fait et se défait dans le ciel ?

— Il y a si longtemps que nous travaillons côte à côte. Si nous associions nos mains et que nous faisions quelque chose ensemble ? demanda tout à coup l'écrivain.

— Je viens de composer une œuvre qui s'appelle *L'Auge du temps*. Faisons comme tu dis.

— Nous aimons la nature. Faisons quelque chose qui concerne la nature.

— La nature, en vénète, dans la langue de mon enfance, signifiait le sexe de la femme.

— Dans ce cas, c'est la nature de la nature. Voilà ce que nous allons entreprendre. »

Puis ils descendirent les degrés de pierre et se rendirent sous la voûte de la cave. Ils allèrent tirer du vin à la barrique. Ils burent à cette œuvre nouvelle jusqu'à ce que la nuit fût tombée, eût absorbé les toits, eût effacé les nuages, eût englouti les oiseaux.

*

Une clandestinité jusque-là sans exemple a gagné les arts. En un demi-siècle les arts ont été presque entièrement supplantés par les divertissements, par les spectacles que le spectacle se donne à lui-même car ils lui procurent un but, par la vision panoramique des guerres, des destructions, des naufrages, par la contemplation des colonnes de réfugiés, de martyrs, de violés, de noyés qu'ils engendrent, par l'adoration des compétitions sportives à l'échelle mondiale. Les artistes étaient devenus, en une cinquantaine d'années, des inconnus qui consacraient leur vie à des sacrifices passionnants et solitaires. Biagio Pancino faisait de grandes peintures vivantes, métamorphiques, avec des pommes de terre qu'il clouait sur des feuilles agrafées à des planches de bois qu'il inclinait, il les laissait pleurer, suppurer, s'écouler et former leurs petites rigoles involontaires et aléatoires dans le mouvement du temps et sa durée que personne, ni au ciel, ni sur terre, ne contrôle.

Le temps peignait, hors du monde, pour l'invisible, à l'aide du fruit de la terre.

Art pauvre. Art si ancien. Art d'avant l'homme. Ramassé par terre, sur la terre, avant l'homme même.

Petites collections d'objets que les oiseaux font déjà, instinctivement, à l'occasion de leur nid.

*

Coques, coquillages, couteaux.

Bois d'animaux, cornes sculptées, ivoires ouvragés,

flûtes d'os faites des tibias ou bien des bras des morts, par lesquelles se déplacent leurs souvenirs sous la persuasion de leur chant,

avançant leurs plaintes préférées, imitant le roucoulement des saisons, reproduisant le saisissement de leurs prédations singulières, écartant leurs cinq doigts, griffant la voûte obscure, appuyant leurs paumes couvertes d'ocre rouge,

scarifications, silhouettes, sigles, saupoudrages, souffles, buées des souffles, images involontaires que projettent les rêves sur les parois que leur offre la nuit.

*

Les anciens Romains peignaient des « repas des morts », sur les parois noires de leurs murs, qu'ils appelaient des « dîners du pauvre ».

Pauperis cenae.

Pain, radis, verre de vin, surgissaient du fond noir avec leurs lettres dédoublées surmontant les images.

*

John Parkinson a écrit, en 1629 : « Jadis la pomme de terre était une friandise pour les princes. Elle est devenue commune comme le haricot. Les groseilles blanches sont préférables aux cassis succulents, qu'on peut désormais abandonner aux pauvres. L'ananas reste coûteux et honorable. Va pour le chèvrefeuille ! Mais il faut offrir aux jeunes gens riches des dahlias. »

CHAPITRE XIII

Du faux

Le mot balai est lui-même un détritus pour chasser les déjections – les pétales des dahlias qui s'accrochent par terre, qui adhèrent à la pierre humide. Singulière nature morte derrière son crin échevelé ou son pied de bruyère. Vieux chiendent ou bien touffe de pailles. Le mot balai est lui-même un dissyllabique non balayé de l'ancien celtique. Mot aussi coriace que la souche sexuelle dont les deux corps humains dérivent. Sexe mâle que chevauchent les sorcières dans l'espace nocturne. Sorte de son fossile, venteux, clair, violent, persistant, signifiant le genêt. Petits arbustes qui sont en effet extraordinairement coriaces sur les landes et même sur les interminables plateaux de craie couverts d'une bourrasque perpétuelle. Ils ne connaissent aucune exfoliation ni même de pause ou de stérilité saisonnière. Le vent vigoureusement les bouleverse sans que leur forme se déforme. Leurs feuilles sont petites et aussi amères qu'elles sont sombres. Leurs fleurs extraordinairement lumineuses, toutes jaunes, nombreuses, agitées merveilleusement dès la fin de l'hiver dans les dernières bises. Ou blanches d'une blancheur aussi blanche que le soleil d'avril peut l'être et qu'elles hèlent dans le vent maritime, gris, laiteux, qui vient de l'ouest alors et qui les couche sans les meurtrir. Apricantur. Ils offrent leurs corps en sacrifice au soleil à l'instant de son premier retour. Morceaux nains de la nature dont la tâche, une fois noués avec vigueur avec une veine ou un boyau au bout d'un bâton, consiste à fractionner la nature en deux morceaux proprement gigantesques :

le propre et le sale,
le net et le rebut,
l'ordonné et le désordonné,
l'attrayant et le repoussant,
le rude et le poli,
ce qui plaît et ce qui dégoûte.

C'est l'instrument de la sublimation en acte.

Le corps se dit intègre en s'opposant à ce qui s'en détache sous forme de macule, ordure, salive, urine, larmes, sang, lait, sueur, sperme, dents de lait, rognures d'ongles, cheveux coupés, cadavre. La langue française laisse entendre dans l'expression « donner un bon coup de balai » l'idée qu'on se défait avec la même véhémence des choses qui gênent qu'on expose à la mort les êtres qui naissent en surnombre ou dont la conformation ou bien la finition déplaisent. Ce n'est pas pudeur, c'est gêne. Cette gêne est l'indice de la culture. C'est l'antique géhenne. C'est toujours l'enfer. Cette « gêne » en est aussi, peut-être de façon absolue, le secret puisqu'elle contient encore les morts et qu'elle assource le premier sacrifice des nouveau-nés et des vivants à leur scel sous la terre.

Quand est né le sale ? Et quand est née cette « géhenne » devant ce qui est jugé sale ?

La séparation du vrai et du faux est secondaire. Séparer le réel de l'irréel suppose une séparation dans le réel même préalable. C'est une énigmatique distension dans le milieu continu. Avant que la réalité prenne ordre et forme, une espèce d'irréalité la devance qui la nettoie d'une mystérieuse souillure elle-même indigne du réel qu'elle prétend désigner. C'est un cercle vicieux qui est incessant, puisqu'il décrit une opération dont le résultat a pour fin de fonder ce qui l'anticipe. Séparer le bon grain de l'ivraie réclame une séparation antérieure – comme le langage suppose le langage.

Comment séparer le vivant du mort – qui sont un identique réel ?

Quand est apparu le cadavre ? Et quand le corps-cadavre est-il apparu comme intrus dans le système naturel des corps dont tout à coup, un beau jour, l'immobilité nous a émus ? Dont la soumission à la prédation des autres animaux, à l'air libre, nous a terrifiés ? La sexualité des mammifères se différencie dans la séparation du masculin et du féminin, dans l'attraction des mamelles qui s'enflent et qui nourrissent et des pénis qui se tendent et qui rêvent. Quand sont apparus les genres de la femme et de l'homme au point de s'opposer comme des mots de la langue ou même des fonctions du groupe, des hiérarchies entre les genres, des débiles jeux de rôle de l'hostilité ? Quand est apparue la sexuation vécue comme celle d'une possession ou d'un défaut ? Quand se mirent à danser sous les yeux, à alterner nuit et jour, zéro et un, mort et vie, absence et présence, ombre et lumière, yin et yang, flaccidité et érectilité ?

Ce fut tout à coup un bout de chair *intruse là où elle avait toujours été.*

Quand est intervenue cette émouvante et terrible séparation du sauvage et du domestique, de l'autre et de soi, de l'étranger et du familial, de l'intrus et du familier, du sale et du propre dans l'univers ? Millénaires, galaxies sublimes et incommensurables *lanakiea,* infinies chevelures célestes qui ne connurent pas cette séparation. Le monde en grec est *cosmos* en tant que l'ordonné, le paré, le percé, le coupé, le tatoué, l'arrangé, le peint, le tressé, le coiffé, le propre. Il en va ainsi du mot *cultus* à Rome. Le monde, en latin, est nommé monde en s'opposant à l'immonde. Mettre de l'ordre, consistant à éliminer la saleté, c'est séparer nettement intérieur et extérieur, dessus et dessous, mâle et femelle, avec et contre, droite et gauche puis – plus tardivement – vrai et faux. Mary Douglas a fait paraître il y a cinquante ans à Londres un livre qui balayait d'un puissant coup de balai toutes ces questions et ne laissait plus rien d'intact à terre.

*

Tout ce qui est sale est culturel.

Cette définition, à certains égards un peu brusque de la culture, n'est pas paradoxale. Quelques mœurs ou manies que ce soit, plus leur apparence est courtoise et leur nomination subtile, plus elles plongent des racines dans des motifs archaïques et profondément féroces. Le raffinement est aussitôt une sorte de signe qui dit : « Ici commence la jungle. » L'interdiction millénaire de toucher le poisson avec la lame d'un couteau se traduit de nos jours dans d'admirables services d'argenterie qui sont réservés aux cadavres bouillis ou rôtis des habitants de l'obscurité des fleuves et des abysses des océans. L'existence de ces instruments qui prolongent nos bras, nos doigts, nos ongles, ne nous paraît nullement mystérieuse.

La conscience de ce qui est propre est incertaine en nous, toujours vêtue, et pleine d'emphase, et pour ainsi ininvestigabilis.

Pinces qui prolongent nos serres.

La vérité est plus inscrutable que le faux lui-même.

Défalsification plutôt que vérité.

Vérité que sa pureté (que sa mise à l'écart) écarte.

La culture est plus sincère dans ses leçons plus négatives, ou plus restrictives ; elle édicte le sale, le malodorant, le honteux, l'impudique, le repoussant, l'interdit, le non-dicible. Toutes les nécessités de l'hygiène travestissent des superstitions ineffaçables qui sont au sens fort des mysteria d'Éleusis. Nous respectons avec une servitude presque mécanique des conventions familiales, linguistiques, puis religieuses, puis scolaires, puis militaires, puis sociales : nous remontons péniblement des seaux du fond de puits qui sont peut-être sans fond, qui traversent, dans des allers et retours sans fin, des couches zoologiques sans âge.

*

Nous avons imité les charognards dans leurs goûts.

Nous préconçûmes, sur leur exemple, la différence entre morts et vivants.

Aux carnivores le dévorer cru, aux charognards le dépecer mort, aux hommes le manger cuit. Mais tout ce qui distingue de nouveau s'oppose. La Chine s'oppose encore de nos jours au Japon comme cultivé contre sauvage, comme cuit contre cru. Notre bouche n'a jamais quitté les animaux de la faune et les fruits de la flore. Nous nous sommes revêtus de leurs plumes, de leurs fleurs, de leurs fourrures. Nous nous passionnâmes sur les mœurs de tout ce qui vole, court, bondit, s'élance et plonge. Nous fûmes subjugués par la beauté des corps des félins et par l'essor souverain et libre des rapaces dans le ciel autant que nous copiâmes leurs stratagèmes. Nous apprîmes d'eux à sauter sur le vivant pour le percer de façon active jusqu'au jaillissement du sang qui manifeste la vie qu'on ôte. Au fond du faux, il y a le sale. Au fond du sale, il y a le mort en sang.

*

Tout ce qui n'est pas à sa place est sale.

Est sale simplement ce qui n'entre pas dans le système du séparé et de la production de la séparation au sein des couples séparés. Toute mise en ordre entraîne le rejet d'éléments « non appropriés » qui se dressent tout à coup comme « inappropriés ». Pour l'exprimer autrement je proposerais que faux et sale doivent se ranger dans une classe antérieure plus vaste dont je ne sais si elle devance ou si elle est contemporaine de l'apparition des langues naturelles. Je vais mettre un instant face à face le mot grec systèma et le mot latin intrusus. Le systèma, c'est tout rassemblement organisé, à la différence de l'union qui peut être naturelle, ou à la différence de l'attroupement qui peut être fortuit. Le « système » c'est la confédération, la constitution, la cité, le codex, la doctrine. Le systèma résulte de la systasis : des êtres se regroupent les uns contre les autres, se coalisent en se hiérarchisant. En latin le mot sacer veut dire simplement le séparé. Dès qu'il y a système, il y a un intrus. Le système se sépare de l'intrus qu'il invente en l'excluant ou, plus simplement, en le mettant à mort. Sitôt que quelque être ou que quelque chose apparaît comme intrus, c'est aussitôt l'indice d'un système sous-jacent. J'userais de ce mot – intrus – parce qu'il désigne cette classe d'objets ou d'êtres ou de pensées qui ne peuvent se prévaloir de rien. L'art est intrus. Tout nouvel artiste est intrus. Intrudere est une forme de la basse latinité elle-même intruse (à côté de la forme introdere) qui traduit l'idée d'introduire avec force ce qui ne s'assemble pas au rassemblement même auquel on le soumet. Qui ne se solidarise pas avec les valeurs communautaires du groupe et qui n'obéit pas aux prescriptions règlementaires de l'ordre qui le régit. En latin « intrusus » est un terme *de droit* qui désigne ce qui a été introduit dans une charge *sans droit.*

*

La vérité n'est plus seulement une notion violente parce qu'elle se fonde sur l'ordalie (physique) et le serment (linguistique), c'est-à-dire sur l'auto-inculpation et l'appel à la mort sur soi comme arbitre de sa survie ou de sa sincérité. La vérité n'est plus seulement un corps humain qui se met à valoir son pesant d'or comme garant de son dit, dans le dessein d'équilibrer la balance des comptes de l'enfer, du Schéol, de la poubelle des non-valeurs du groupe rejetées à l'extérieur des remparts de la cité qui rassemble les citoyens et qui enclôt la même langue par laquelle ils s'adressent en s'opposant l'un à l'autre dans le dialogue. La vérité n'est plus seulement une sensation d'évidence et celui qui éprouverait du plaisir dans la recherche de la vérité serait déjà abusé. Et de même que la maladie et la mort peuvent protéger du savoir de la faiblesse et de la déficience de la mort, aucune souffrance ne peut être créditée de la capacité de dessiller – telles les paupières du faucon que le chevalier à cheval ne « dessillait » qu'à l'instant où le chasseur en lui s'apprêtait à le « leurrer ».

Parce qu'il n'y a pas de narration, de généalogie, de biographie, de famille, de société, de communauté nationale, de regroupement religieux sans cette intense et spontanée automystification qui en assure le fonctionnement, qui en permet la contagion dans l'espace, qui en rend possible la relative projection dans le temps, sans ce rejet antérieur qui les fonde. Sans ce chaos de mort qu'ils inventent pour faire masse contre lui et le tuer et le fuir. Même dans le regard de la mère sur le nourrisson, au-devant de la voracité sans frein qu'elle apaise et de l'excrétion sans fin qu'elle assiste, toute la mise en place des propretés qui les entourent et des mots qui les apprivoisent s'organisent en système dès les premières caresses et les premiers portages.

Parce qu'avoir eu raison de quelqu'un c'est lui avoir ôté la vie.

Parce qu'on peut résumer le contenu du mot vérité comme un désir qui s'est convenu à l'intérieur d'une phratrie ou d'un gang, que sa production est un sacrifice, sa naissance un meurtre, son dessein un pouvoir. Le signe de son ère une crucifixion. Ou encore une décapitation.

Parce que le désir d'aveu ou de vérité, c'est l'autruche et le sable. Paix fallacieuse, système ou État, poussée de mort, désert.

Parce que la vérité – qui n'est qu'une « chose à dire », une « légende » – n'est qu'une immédiate dénégation panique.

À « vrai » dire la violence propre à la vérité est la moins pathétique des choses ; la plus simple ; la plus féroce ; petit mouvement d'expulsion.

Pur pogrome.

Il était un petit navire. Le sort tomba sur le plus jeune.

On pousse le mousse.

Sans cesse le « petit matelot » s'enfonce au fond de l'eau sur laquelle le « petit navire » flotte.

*

Je donnerai pour stricte définition du faux une petite comptine d'enfance :

Pêche, pomme, poire, abricot,

Il y en a une qui est en trop.

L'intrus aussitôt déclenche la recherche d'un ordre, la reconnaissance d'un rassemblement –, d'un petit système des fruits. Ici ils sont deux : la classe des *p* (et le *a* est victime du surnombre des *p* voisins), le genre féminin (et la diction « une » désigne du doigt le sexe qui est en trop, ou en retrait, ou en saillie). Je ne nomme pas trois autres raisons (l'abricot par la philologie, l'histoire, la géographie est de dérivation arabe, récente, africaine) parce qu'elles n'appartiennent pas directement à l'étoffe même du discours dans lequel vérité et erreur se construisent et s'engendrent mutuellement. La durée est plus hétérogène que la langue parlée qui la divise et la décompte. L'abricot ici n'est pas exactement faux ou sale ; il est l'intrus de l'ensemble où il se trouve placé. Il est ce qui est tout à coup « impropre » et qui doit être nettoyé. Tout ce qui est « en trop » doit être séparé, jeté, balayé, exclu, éliminé, projeté du haut de la muraille, expulsé hors des frontières, mis à mort par la troupe qui s'amasse au bout de la rue et qui crie. La minuscule comptine, inévitablement de base 3, est le mécanisme mis à nu.

Le vrai n'existe pas. Le faux n'existe pas. La séparation du vrai et du faux existe et elle est de nature plus linguistique que culturelle. C'est une conséquence de cette « systasis » d'êtres qui parlent, qui s'opposent dans le dialogue qui les disjoint en sorte de les opposer, et dont la langue parlée est comme leur réservoir (systas) et en effet leur frontière (la frontière de leur désordre), instituant leur pays *national* sonore (systèma de grammaire et de lexique). Ce qui les presse les uns contre les autres tout à coup les rassemble et ce rassemblement est la langue du groupe, dont il leur faut acquérir si laborieusement l'usage, péniblement, longuement, puis volontairement, puis transhistoriquement, puis littérairement, creusant et recreusant le nid de cette violence dessinant dans l'espace sa ligne imaginaire et purement sonore. Et tout ce qui rassemble exclut. Et tout ce qui est rassemblé en elle, grâce à elle, s'oppose : tous dialoguent enfin en contemplant le tiers mis à mort.

Le vrai – pas plus que le faux – n'a affaire au réel qui l'ignore –, qui les ignore. Le réel seul est notre destin, destin imprévisible, ou du moins notre terme, terme inanticipable, et qui ne nous échange même pas à nous-mêmes dans la mort.

Mort où le réel ne survient pas aussitôt mais qui nous engloutit si sûrement en lui, puis raccompagne jusque dans les éléments de la nature, puis nous confie au non-regard de deux orbites creuses et un peu de chimie ; pas même néant ; certainement silencieux ; pas même vrai, plus même faux ; plus même systématique ; plus même intrus ; où plus aucune langue ne parle ; dont plus aucune vérité ni aucun mensonge n'approchent ; où plus aucune image ne surgit ; où plus aucun songe ne songe.

*

Pour nous assurer de notre mort, mieux valait, en effet, avant nous-mêmes, nous adresser aux vautours.

Ce sont les Tours de Silence de la Perse et de l'Inde.

C'est l'appel aux vautours sur les plateaux des montagnes du Tibet. Oiseaux sauvages satellites des cimes qui becquettent nos corps, et où ils s'engloutissent, et par lesquels ils s'élèvent dans le ciel.

*

L'opposé du faux n'est pas le réel (l'imprévisible, le sauvage) mais le vrai (juste, beau, droit, direct, ordonné, vraisemblable, supportable, construit, linguistique, bien raconté, collectif, normatif). Tel est l'historien lorsqu'on le requiert de présenter les qualités de son récit. L'onirique n'est jamais faux. Le fictif n'est pas irréel. C'est seulement le vrai qui n'est pas réel. Vrai et faux sont des discours. Discours qui tous deux s'opposent au réel qu'ils inventent à leur terme comme leurs vertiges particuliers. Tous deux sont des scénarios rédigés par des obsessionnels – des « systématiseurs » – où la folie en roue libre s'invente. Les fauves ne sont pas des fous. Les vautours ne sont pas des fous. Il faut que la langue parlée viole le corps pour que la folie se produise. Il faut la conscience pour que l'inconscient se refoule et fuse. Le vrai définit une séquence linguistique pourvue de sens afin de défaire d'une angoisse. Un discours sensé définit une narration « systématique » qui a été tenue pour assembler en écartant une violence afin d'apaiser une crise. C'est frappant dans les sciences anthropologiques, sociologiques, religieuses, psychologiques, historiques : des placebos, du sens, des symbola, des mots abstraits, des vantardises. Tout hoquette de peur. La vérité disloque en mettant de l'ordre. La vérité met de l'ordre en tuant tout ce qui à ses yeux fait désordre ou qui lève son doigt ou qui dresse son visage. Le visage, c'est le cheval de Turin qui hennit sous les coups de son maître, le long du fleuve, dont Nietzsche soudain enlace la face pitoyable, bouleversante, avant de s'engloutir dans sa douleur. C'est Joseph projeté dans le puits par ses frères. Ils lui ôtent sa tunique, ils l'imprègnent du sang d'un bouc mort, ils inventent une histoire, ils inventent la teinture, ils disent à leur père, alors qu'il est vivant :

— Joseph est mort.

Faux sang et faux récit plongent le Père dans l'erreur.

Alors la peinture – c'est-à-dire la fascinante teinturerie – apparaît dans le monde.

*

C'est ainsi que le contraire du vrai et du faux, c'est le non-linguistique. Le silence, c'est le non-récit. Le goupil se fait appeler Renart et définit le menteur comme l'être qui *vit aux dépens de celui qui l'écoute.* Pathelin à son tour bernant berné définit lui-même les trompeurs comme les *bailleurs de parolles en payement.* On paie le silence – la délivrance – auprès de celui qui « analyse » le langage. Le verbe grec phèmi – qu'on traduit le plus souvent, au plus pressé, par « dire » – signifie « faire briller ». Il *dit* : il *fait briller* du réel plus confus et plus obscur dans les mots au point d'illuminer la conscience de celui qui lui prête l'oreille d'une espèce de vision interne qui a l'éclat du fantasme – qui est parvenu à faire écran à la poussée de la nature et à sa puissance sensorielle. Les « a-lèthea » – les choses « sans oubli » – ne sont nullement des choses « vraies » mais des choses qui accèdent au visible au fond des *images* du rêve et que l'espérance porte avant que l'expérience la dénote et que les mots de la langue la corrigent. Pour que le nu brille il faut du faux. Telle est l'Épiphanie. Telle est la Révélation. Telle est la Fantasmatique. Un rêve en plein jour *irradie* le réel qu'il métamorphose en images. La vérité n'est jamais maîtresse du discours dont elle est fille. Un récit qui est réussi consiste en une fiction dont on se souvient, qui raconte au présent le passé qu'elle fuit, qui fait croire à la réalité que désormais elle hallucine et qui, de ce fait, éconduit le passage à l'acte. Dans le même temps l'antériorité et ce caractère coriace et sexuel du réel semblent ne plus être qu'une conséquence du récit, qui résulte de la séparation entre langue et réel, entre substitution symbolique et captation sensorielle, déhiscence qui elle-même se fonde dans l'opposition entre signifiant et signifié. C'est pourquoi il ne faut plus prêter l'oreille au langage. C'est le langage qui vit aux dépens de celui qui l'écoute.

CHAPITRE XIV

Pétrarque au Petit Abergement

Pétrarque est sur sa mule. Il suit le sentier sinueux. Il gagne l'abergement. Il monte dans la montagne de l'Ain. À la croisée des routes, entre le Petit Abergement et le Grand Abergement, deux bergers s'avancent. L'un dit toujours la vérité. L'autre ment sans finir. On ne sait jamais quel chemin choisir une fois qu'on prête l'oreille à ce qu'ils racontent. Après qu'ils ont donné leur avis on ne sait même plus comment s'y prendre tant leurs réponses sont détaillées et leurs arguments contradictoires. Face à la narration, on a seulement le droit à une question.

*

Pourquoi, demande à cet instant Pétrarque, le « carrefour a-t-il la forme de la lettre inventée par Pythagore et qu'on appelle y » ?

Car cette lettre présente une fourche à son extrémité : c'est la lettre lunaire, bicornue, cervidée, tauromachique.

La corne la plus brève, à gauche, fonce vers le paradis et court en régressant jusqu'au jardin d'Éden.

La corne la plus allongée s'incline vers la terre souterraine, glisse, fait ses boucles et ses spirales et ses serpentements vers la culpabilité, vers l'aveu, vers l'enfer.

*

C'est ainsi que quand les étrangers, les horsains, les chasseurs, les colporteurs, les Égyptiens, les moines itinérants montaient des bourgs et des vallées, une fois arrivés dans les alpages à la croix du tout dernier sentier, ils interrogeaient les deux bergers sur la voie qu'ils devaient emprunter.

Alors, devant les réponses incompatibles qui leur étaient apportées, ils restaient silencieux, désemparés, interdits.

Ils avaient l'air perdu et ils étaient perdus.

Ils ne connaissaient rien aux montagnes.

Ils ignoraient tout des bois, des torrents, des plateaux, des fruitières, des moraines, des crêts.

Des brimbelles, des airelles, des prunelles.

Des cèpes, des fourrés, des à-pics, des versants.

Des anciens êtres, des ourses, des saumons, des fougères, des vautours, des aigles.

Ils tournaient en rond sur le dernier y, sur la dernière sente du bout du monde.

Ils quittaient les derniers taillis. Ils revenaient piétiner leurs propres traces sur les premières plaques de neige, sur les premiers lichens, sur les asters.

Et les deux bergers qui les accueillaient leur répétaient :

— Vous n'avez le droit qu'à une seule question !

Pétrarque le Lettré arrive sur sa mule. Il ne prête pas attention aux discours qu'ils débitent. Il hausse les épaules. Il demande aux deux hommes :

— Quelle est la route que m'indiquerait votre compagnon pour arriver au lieu où j'ai décidé de me rendre ?

*

« Il s'agissait d'un Y, écrit alors Pétrarque, car dans tout choix la voie la plus courte est celle du mensonge. »

C'est pour cette raison que, quelle que soit la réponse donnée, il faut à chaque fois choisir le chemin opposé à celui qui sera indiqué par le groupe.

C'est la voie solitaire. La *via solitaria* qu'il suivit toute sa vie.

Pour ne pas vous mentir, c'est le mentir (mentiri) qui fait le fond de l'esprit (mens).

Mens est mentiri.

Le berger qui dit toujours la vérité montre avec le doigt la route mensongère que son compagnon aurait indiquée – et il faut prendre l'autre chemin.

Le berger qui ne peut s'empêcher de mentir montre avec le doigt le mauvais chemin – et il faut prendre l'autre chemin.

1. Il faut toujours prendre l'autre chemin. 2. Le faux est la part du rêve : le chemin qu'il indique est la voie royale.

*

Le roi soudain est détrôné. Il est découronné. Le 30 juin 833, dans l'aube, le Rothfeld, le pré situé près de Colmar (le « champ rouge », le champ du sang, le champ du jugement de Dieu) est rebaptisé Lügenfeld (le champ du mensonge). Dans la nuit toutes les promesses sacrées et toutes les fidélités jurées se sont dénouées d'un coup. Chacun change de camp, de tente, de vœu, d'engagement, dans l'ombre de la nuit. L'empereur Louis le Pieux est désacré. Si même le champ du jugement de Dieu ne contraint plus les âmes, ne restent plus que la bataille de Fontenoy puis la neige et l'hiver et le plébiscite de Strasbourg, où le français apparaît dans la brume des bouches des guerriers francs de Charles le Chauve qui prêtent serment alors dans le « troisième champ » : c'est le « champ couvert de grésil », sur le bord de l'Ill, où la *neige nombreuse* tombe. Nix multa. Alors vient s'écrire, pour la première fois, le soir venu, à la clarté de la lune, le français sous la main de Nithard.

CHAPITRE XV

La neige et les dieux

Au haut de la montagne, puis de l'abergement, puis du Petit Abergement vers lequel Pétrarque le Lettré se dirigeait, là où le crêt touche le nuage blanc, là où le « mont Blanc » domine les autres monts et préside sur les neiges éternelles, là où le dieu tout blanc abandonne les bouquetins et les aigles et se donne aux étoiles, peut-on parler de l'acosmie de ce qui a précédé le cosmos ? Peut-on parler de l'alogie de ce qui a précédé le logos ? Non, puisqu'elles le supposent. Ces séparations sont fallacieuses car cette séparation en deux termes opposables définit la possibilité même du langage qui joue. C'est le langage qu'il faut déjouer : car rien n'était séparé, ni même séparable, en amont de l'énonciation. Seule la langue parlée, une fois acquise, les a fait diverger et les a mis front à front comme des bêtes dans l'arène. Mais ce « rien de séparé » comme ce « rien de séparable » avant la langue parlée par le groupe ne constituent même pas un réel (du moins qui s'opposât à du fictif, à du halluciné, à de l'irréel, à de l'esthétique, à un ersatz, à du langage).

Même pas un continu (du moins un continu qui s'opposât à du séparé).

Masse dont nous n'avons pas idée car elle ne saurait être signalée à l'intérieur de la langue qui la subdivise, ni reconnue au fond de l'âme, qu'elle viole.

Silence qui n'était même pas muet – même s'il n'était en aucune façon linguistique.

*

On y entend, au loin, la neige qui fond peut-être.

Quelle est, loin de la substitution verbale du monde, ce reste de puissance sensorielle ?

On y entend, à peine, l'aile de l'aigle qui se pose sur l'air, y tourne et y repose et plane.

Plus bas l'eau du torrent est la première vie.

Elle dévale, au-dessus des pins plus sombres, sans fin, dans la joie, lumineuse.

La pulsion c'est la poussée de l'eau.

Poussée de l'eau qui va jusqu'à la Perte des eaux – qui déclenche la naissance.

Quelque chose, là, vivait.

Il y a quatre destins distincts dans la grande Tombée de la naissance. La perte des eaux. L'expulsion où la mère mobilise toutes ses forces. L'atterrement du corps de l'aparlant (de l'infans) dans la lumière. La tombée du délivre (la tombée de l'outre qui contenait le corps – suivie, quelques jours plus tard, de celle du cordon réséqué).

*

« Quelque chose n'est pas à sa place. » L'autre est un étranger puisqu'il ne parle pas le même langage. Le « même langage », tel est le monde symbolique où le faux définit le sale. Ce qui naît ne parle pas. Ce qui est sale n'est pas propre. Ce qui n'est pas approprié est hostile. Ce qui n'est pas « blanc comme neige » est souillé. Une épluchure ou une sandale ne sont pas sales au contact du pavement mais sales sur la nappe blanche. Des sous-vêtements sont propres sur le corps dont ils dérobent les orifices qu'ils soustraient un à un à la vue : ces mêmes sous-vêtements, une fois jetés au hasard sur les canapés et sur les tables basses du salon, paraissent sales.

De même la honte qui s'étend aux nudités, dont les éléments plus aqueux, poissonneux, animaux, sont pourtant à la source directe de la reproduction des sociétés humaines : soudain ces éléments, une fois exhibés, font naître une véritable détresse zoologique où on peut lire la peur.

Plus simplement encore : le lit fait et le lit défait ne se distinguent en rien par leurs éléments : l'un est propre, l'autre passe pour sale et sa vision peut rebuter celui qui ouvre la porte et qui passe la tête.

Ce qui les différencie est une syntaxis (un rangement volontaire, un ordre) et un logos (une classification polaire, orientée, inventant un sens). Tout regard préconçoit ce qu'il voit dans le système où il s'inscrit. Toute pensée médiatise ce qu'elle pense dans la langue où elle est née longtemps après que le corps l'a apprise et l'y a mêlée dans sa rêvée instinctuelle. Pline l'Ancien traitait Peirakos de « rhyparographe » c'est-à-dire, en grec, mot à mot, d'*écrivain de choses sales*. Rhyparos, c'est le fer rouillé. Rhypos, c'est la crasse. Le rire est passionné de l'intrus – mais il est d'autant plus bruyant qu'il provient plus directement de ce schématisme spontané auquel il obéit en desserrant la mâchoire pour mordre. Le rire est symbolique. Il regarde le regard de l'autre. Rien de plus obéissant et de plus collectif que le rire. Bergson affirmait : Le fond du rire est atroce car il montre du doigt. Le rire n'a pas plus grand ennemi que l'émotion individuelle. Ils aiment tellement rire en groupe. On aime seul. Est sale tout élément qui ne s'insère pas dans un ensemble (tout homme qui ne s'intègre pas dans une société). Est faux tout énoncé à qui incombe une telle misère.

Il faut qu'à une pensée structurée un univers organisé réponde avec une sensation d'adéquation, de conformité, d'adaptation, de contentement, d'aise. Tout écrivain connaît ces ruses auxquelles on est bien forcé de recourir une fois arrivé aux postes-frontières. Tous ceux qui parlent luttent avec des rites pour se protéger de l'informe, ou de l'incontrôlable, ou du chaos, ou de l'anxiété où les plonge ce qui n'est pas encore rassemblé sous forme d'abscisses et d'ordonnées, de ponctuations et de syntaxes, de rues à angle droit comme des créneaux de château fort, de places rondes comme des cibles pour archers, de sanctuaires, d'arènes, de basiliques, de stades, de vêtements à la mode, de recettes de cuisine, de mœurs sexuelles

– comme je lutte ici avec des phrases pour ordonner des sons et des souffrances qui à proprement parler, laissés à eux-mêmes, serrent la gorge, s'engorgent, souffrent de ne pas s'objectiver, ne s'imaginent pas, confondent.

Dans le monde symbolique le confus, l'intrus, le sale, le mal, le faux sont une même chose.

Il s'agit de ce qu'un groupe d'hommes, impérieusement, en parlant jette au rebut, discrimine involontairement, simplement en obéissant aux ordres que leur intime la langue parlée transmise par la bande généalogique propre à l'oikos. Plus familiale et sauvage encore que sociale. Plus économique et sexuelle que religieuse ou politique.

*

Chez les juifs et les chrétiens du Ier siècle le mot signifiant les enfers ne désignait pas autre chose que la décharge municipale.

Il s'agissait d'aller jeter temps, espace, faubourgs, langues, vêtements, attributs, foulards qui ne paraissaient plus leur convenir.

À la nuit la nudité et ses mœurs impatientes ou oniriques.

Au jour ses vêtements et ses dignités.

*

En quoi la sorcière est-elle maléfique puisque, elle aussi, elle se saisit d'un balai ? Parce que loin d'en user pour mettre de l'ordre et en sorte d'ôter la poussière, l'émiettement, la souillure et l'usure, elle l'enfourche, l'arrache à son ordre, monte sur sa joie, l'y frotte de sa propre douceur et s'y agite et rêve. Elle chevauche dans les airs. Elle est aussi solitaire qu'un vautour. Elle se masturbe sauvagement. Elle vole dans le ciel ancien, au-dessus des cimes et des nuages. Si je prends comme attributs roupie, pets, menstrues, rots et comme prédicats le fantôme de l'Hélène de Troie posthomérique ou le mythe de la Sainte Vierge dans les récits chrétiens : Est-ce faux ? Est-ce sale ? Est-ce juste ? Est-ce convenable ? À vrai dire nous ne saurions faire le départ, et nous ne percevons pas clairement, c'est-à-dire inconfusément, le secret de l'irritation ou de la « gêne » ou du déshonneur qui s'installent en nous alors. Tout à la fois cela ne paraît pas juste, cela ne sonne pas vrai, cela ne nous paraît en aucun cas « approprié » : nous-mêmes paraissons sales à incriminer de la sorte ces corps pourtant humains d'attributs pourtant universels. Avant de paraître faux ou vrai, notre discours nous paraît rebutant. Et même répugnant. Et même sacrilège. Parce qu'avant de pouvoir être montrés comme contradictoires ou non contradictoires, ces prédicaments au sein de ces propositions nous paraissent des intrus dans l'ordre du récit. Si la déesse est pure, rien de sale n'entre dans cet ensemble vierge. La question intruse est alors la suivante : « Vous encourez ce faisant une contradiction qui est plus grave, vous ôtez la Sainte Vierge de l'ensemble des êtres humains. » Le système rétorque à l'intrusion : Nous préférons une contradiction lointaine (1. le dieu dont vous parlez s'est fait homme dans le corps d'une femme, 2. Dieu n'est pas vraiment homme et sa mère n'appartenait pas vraiment à l'ensemble des humains) à une contradiction contiguë (une femme définissant la pureté soumise à la saleté dégoûtante de la génitalité et à la poussée effarante et souffrante de la parturition). On préfère le mystère (une femme immaculée, le fantôme d'Hélène, un sexe de mère qui est un sexe vierge) plutôt que de mêler des classes dont on recherche si vivement qu'elles soient distinctes (la vérité reconnue à l'« évidence » et à la « distinction », l'angoisse étant signe de chaos, de menace, de bourrasque, de panique, de colère, d'errance, d'erreur, d'impiété). On préfère le mystère à la mise en cause de la classification elle-même, à la mise en cause de la syntaxe linguistique, à la mise en cause de l'ordre social, à la mise en cause du droit qui les épie, qui les châtie – à la mise en cause de l'épieu qui perce, du style qui tue, du bâton appelé lituus, du rex, du droit.

CHAPITRE XVI

Du droit dans les sociétés humaines

Comment s'y prend le roi pour créer son royaume dans le visible ? Le roi augural (rex) est celui qui trace des lignes droites dans l'espace : regulae. Frontières qui cernent la périphérie de son royaume. Ce royaume est un temple. Templum en latin signifie *rectangle*, tel est l'espace néolithique du rex. Les « règles » qu'invente le « rex » dans l'espace désignent très précisément ces quatre lignes droites tirées à partir d'un point dans l'air par l'augure à l'aide de son lituus. C'est ainsi que le rex crée des règles.

Le mot français droit vient du mot latin di-rectum. C'est ce qui a été tracé par le roi « recteur », ce qui a été édicté par sa « règle », par sa loi.

Celui qui a tort (tordu) est celui qui est contraire au droit. Par la torture le vrai sort du tort. On tord le corps telle une éponge en sorte d'exprimer la ligne de sang du vrai, pour produire le gémissement de la vérité dans le champ rouge de l'ordalie. C'est cet étrange gémir que Descartes appelle l'évidence.

*

Une question du Pogge pose de façon très archaïque les oppositions entre vrai et faux, droit et tordu, grand et petit, puissant et impuissant, rouge et blanc, exhibé et recroquevillé : c'est le désir masculin. Le corps de l'homme ne peut mentir. C'est la faiblesse générique de la classe des hommes au regard de la classe des femmes : leur désir ne peut être trompeur. Quand il est droit l'homme désire. Pogge plaint longuement ce destin anatomique auquel les êtres masculins sont voués : L'homme est l'humain dont le désir ne peut jamais être faux.

*

Plus archaïque encore : quand Cuchulainn dans le mythe irlandais revient vainqueur des trois frères qu'il a tués, son corps est dans un tel état de difformité et d'excitation qu'on place tout d'abord devant lui une jeune femme qu'on a dévêtue – sans doute est-ce la Vérité – qui retransforme la sauvagerie carnivore à mort en désir humain. Ensuite on verse sur son corps tendu plusieurs cuves d'eau pour le refroidir un peu – sans doute est-ce le Puits d'où elle sort.

Alors le héros peut reprendre sa place dans la société humaine : propreté, ordre, autocontrainte, neutralité, paix, espèce, genres et non plus sexes, hétérogénéités, fureurs, désirs violant, violents, désattelés. Un combattant dans le combat avait perdu sa forme distincte ; il n'était plus vraiment un homme ; il n'était pas véritablement un loup. Cette perte générique, ou spécifique, définit ce que les anciens Romains appelaient très précisément le furor. Vérité, nudité féminine enthousiasmante et productrice du collectif, seau d'eau du réel qui désabuse pour désensanglanter de la férocité imitée des bêtes fauves et pour redomestiquer Cuchulainn à la phratrie horizontale du groupe et à la verticalité généalogique de la bande. C'est ainsi que la pulsion de mort a été reconvertie à la si énigmatique pulsion de vie. L'excitation carnivorique et le chaos anatomique sont liés. Non seulement ces notions sont liées : jusqu'à leurs couleurs sont liées. C'est la teinturerie de la mort.

*

Telle est l'étrange baratte du symbolique.

Le lait ne ment pas : il tourne.

Il peut devenir solide sous la forme du beurre. Reste alors, aussitôt, une sorte de *reste* à cette métamorphose : lait qui est dit « coupé ».

C'est le « baratin » de la baratte.

On est au cœur de la langue parlée.

*

Compter pour du beurre, c'est ne pas être pris en considération, ne pas être rangé dans ce qui est, fut, sera. Compter pour du beurre, c'est ne pas compter. La vie enfantine à sa naissance est conditionnée au lait de la mère qui se substitue au liquide amniotique de l'ombre. La conception enfantine du faux dans notre langue est marquée au coin du beurre qui en dérive – et à un coin de beurre qui fond.

Compte qui ne compte pas.

Art.

Intrusion d'un monde « intrus » à l'intérieur du monde naturel.

Espèce de parenthèse onirique, dans la nuit, ou ludique, dans le jour, qui, une fois refermée, ne doit plus entrer en ligne de compte dans le réel. « Cette partie compte pour du beurre » signifie qu'on ne pourra exciper du résultat qui sera obtenu pour instituer la victoire, ni pour acter la défaite, ni pour évaluer les gains.

Les membres du petit groupe inmodifiable des enfants joueurs conviennent, en prononçant ces mots, que la partie à laquelle ils vont participer, après qu'elle aura été jouée, fondra dans le réel de la même façon que le morceau de beurre dans la poêle noire où le cuisinier ou la cuisinière l'a déposé.

Morceau sacrifié qui ne peut plus être ramené à son existence antérieure.

« Pour du beurre » s'oppose à « pour de vrai ». Comme ce qui fond s'oppose à ce qui est dur ou en dur. Véritable est tout ce qui ne fond pas dans le réel comme s'il n'avait jamais été. Quand le sexe mâle est-il vrai ? Quand il rêve. C'est-à-dire quand la psychè se ment à elle-même en hallucinant involontairement. Quand est-il faux ? Dans le réel c'est-à-dire quand l'imprévisibilité qui définit le réel le prend de court en le rabougrissant. Jouer pour de vrai c'est, comme le lait dans la casserole, déborder le langage et s'achever dans le réel revenu à l'état sauvage.

*

Il n'y a pas de vérité à proprement parler. Il n'y a que de la réalisation, de l'accomplissement, de la protrusion, du désir. Une crue du rêve dans le réel. Une sorte de poussée dans l'être, une sorte d'excès dans le temps, une sorte d'imprévisibilité qu'on peut appeler le futur pur et qui est, dans les sociétés humaines atrocement dédiées à la répétition, le plus rare des biens.

Le futur à l'état pur : c'est l'intrus en personne.

CHAPITRE XVII

Le rire tout bas d'Ulysse à l'intérieur de son cœur

Au chant IX de l'*Odyssée* Ulysse se met tout à coup à rire tout bas, à part soi, les yeux à demi fermés, dans son « cher cœur ». (Je ris dans mon cher cœur, se dit-il à lui-même : *emon philon kèr.*) Celui qui voyage sans finir, sans jamais arriver au but, sans jamais rejoindre l'île source, rit tout bas parce qu'il vient de tromper le cyclope Polyphème. Il l'a abusé avec du langage. Il a prétendu s'appeler « Personne » et de la sorte a fait se méprendre l'ensemble du groupe des cyclopes. Il a refilé au Cyclope (à l'œil unique) le nom de ce qui ne se voit pas dans le réel. Le foncteur qui énonce ce-qui-n'a-pas-de-réplique-dans-le-réel. Ce mot – personne – va fondre dans chacune des phrases qu'il va prononcer comme un morceau de beurre sur une surface de métal brûlant.

*

Les femmes et les hommes, comme de nombreux autres animaux, rêvent. La pensée, qui est sans interruption avec la rêvée, est hallucinogène. Pénélope feint sans trêve, silhouette et désilhouette, détisse sans fin dans la nuit ce qu'elle a tramé sans arrêt dans le jour. Le nom qu'elle porte signifie Navette de la Tapissière (pènélopéia). Elle crée et décrée ; elle fait et défait ; elle ment plus encore que son mari sobriquetté par le groupe comme le trompeur, ou plus exactement comme l'Homme aux mille tours (polytropos).

Pénélope est l'art en tant que la production d'images sans solution de continuité avec le rêve nocturne.

Son époux n'est que la langue parlée.

C'est ainsi qu'en français l'expression « Ce n'est pas vrai ! » veut dire « C'est plus fort que le vrai ! ».

L'exclamation « Ce n'est pas vrai ! » marque l'étonnement devant le réel imprévisible. Elle témoigne de l'ahurissement devant quelque chose d'improbable. Elle procure toujours à la négation une couleur fascinée, admirative, évocative, jusque dans le refus qu'elle cherche à opposer à ce qu'elle voit. Cette exclamation suppose : « Je ne veux pas croire cela. Comment est-il possible que le réel appartienne au réel ? Ce réel ne convient pas au "discours que j'attends du non-discours". »

Et c'est ainsi qu'on touche du doigt combien le vrai n'est intéressé que pour le discours qu'il sanctionne comme un double. Qu'il n'a d'yeux que pour les effets de la séparation que la langue a introduite au sein du milieu. Trois oppositions : opposition interne au fonctionnement de la langue, opposition externe propre à l'altercation du dialogue où elle se réalise, opposition enfin des contenus linguistiques entre eux. Les signifiés s'opposent grammaticalement les uns aux autres comme les significations se démultiplient lexicalement à la manière de branches arborescentes. C'est ainsi que, en raison de cette séparation même (du propre et du sale à l'origine de l'opposition du vrai et du faux), le vrai n'est jamais donné. Il n'est jamais primaire. Il ne connaît jamais d'objectivation. Seul le faux est primaire. Seul le rêve hallucine. Seul le langage est trompeur. Seul l'art leurre. Le vrai, aussi bien, n'est jamais trouvé : jamais trouvable sur une terre où il n'existe pas. Le vrai n'a jamais de lien suffisant au réel qu'il rejette du domaine linguistique comme son pôle adverse. Il est le résultat d'une séparation qui ne s'éteint pas – d'une séparation qui ne risque pas de s'éteindre puisqu'elle la produit. La vérité erre sans autre objet dans les communautés humaines que ce « rassembler-pour-exclure » infini dans les langues naturelles, leurs dialogues, leurs altercations, leurs interlocutions, leurs guerres, leurs rites, leurs récits, leur histoire.

*

Contrairement à ce mouvement sans fin, il nous faudrait alors nous effacer devant l'intrus. Il faudrait respecter son silence. Il faudrait révérer le sauvage qui persiste dans l'imprévisible, l'indicible é-motion qui fait le fond purement temporel du réel de l'être.

Il faudrait lui laisser le « champ » libre plutôt que la médiation de l'espace. Contrairement à l'Histoire, il faudrait accepter l'errance où errance, erreur, errent. S'abandonner à la nuit qui, à l'intérieur des cauchemars et des songes, les lie encore dans une sorte d'interrelation tenace et d'attente.

Espoir, contiguïté qui jouit inconsciemment et ne veut rien savoir.

Rejoindre le regard de mort des félins ou des rapaces (la fascination souche mêlée encore de faim).

Avouer qu'on baratine quand on ouvre la bouche.

Avouer la chasse à mort, puis le pogrome intraspécifique, qui nichent derrière la vérité.

Confesser qu'on rêve encore quand on parle et qu'on désire toujours quand on rêve.

Regagner l'asystasie solitaire de l'extase.

Que sans cesse la curiosité dévore – alors que tout système, coalition, troupeau, ligue, confédération, gang, secte, biographie, doctrine, Histoire, discours, appellent en nous le regroupement de haine en riant tout bas, en riant aux éclats, en chuchotant, en mugissant, en gémissant, en interdisant, en priant, en hurlant.

Sans cesse nous sommes des Anicia Proba dans la nuit, sans cesse nous nous cachons la tête sous un pan de toge de laine sombre, sans cesse nous ouvrons les portes de Rome au gothique Alaric et à la férocité collective, éhontée, effrénée, de sa troupe.

Pour reprendre les termes d'Étienne de La Boétie : Sans cesse, en croyant à la vérité, nous laissons passer et grandir la cruauté d'un Dieu.

*

Les généralités, les abstractions – qui vivent sur le séparé – me firent péniblement périr d'ennui il y a si longtemps. À la fin des années soixante je quittai la quête philosophique, où le roman ne s'avoue pas. Je rêvais d'un archéologue doublé d'un érudit qui dresserait la liste des intrus. Je gagnais le bord de la Loire et le petit Liré de l'autre côté du pont reconstruit. Intrus – l'image soudaine, l'éclair plus que l'étonnement, le désir tout à coup qui rompt une activité qui requérait de nous de l'attention, la lecture d'un roman dont l'intrigue attire puis attise. Puis embrase. Un chant silencieux dont l'expression sidère puis consume. On s'effondre en sanglots.

Ces sanglots sont inexplicables.

Le mot sanglot est si étrange : il serre la gorge comme le fait le désir.

Certains moments décrochent du réel.

Ils tombent ou ils s'envolent.

Ils fonctionnent en roue libre.

L'introduction des marques de la négation dans une phrase déclarative et dont tout à coup, mystérieusement, merveilleusement, l'adjonction soustrait ;

la trouvaille du néant dans les méditations des Grecs ;

l'invention du zéro sur les rives d'Afrique ;

le vide s'ouvrant sous les yeux des gymnosophistes de l'Inde bouddhique ;

le mouvement si étrange des sexes qui se joignent et, aussitôt après, se déforment, la fonction de la gestation interne et obscure dans le corps qui s'éloigne, la nativité imprévisible et l'intrusion de l'air envahissant le corps – l'étrange poisson qui glisse et tombe – d'un souffle qui s'y répercute et pulmone et ressasse (psychè), la durée incroyablement longue de l'enfance, le mépris suivi de l'adulation de la langue plus nationale que maternelle retournant contre elle-même ses propres prestiges et ses dernières puissances, l'étrange intervention de la mort dans la succession des générations creusant la successivité du temps là où le sexe projetait dans le monde.

Telle la première lettre imaginaire écrite à Sumer il y a cinq mille ans – c'est-à-dire le premier texte adressé à personne.

Lettre à Outis, tel est le cœur de la littérature.

*

La littérature ou le futur, c'est-à-dire cette invisible possibilité qui naît de la conjugaison des verbes, qui libère de la présence constante et despotique du milieu comme de la menace certaine de la mort violente des bêtes qui dévorent et des hommes qui tuent. Invention morphologique du tissu de la langue acquise qui est pure foi. Récurrence de la mémoire du printemps dans l'hiver. Poussée des rêves dans toutes les carences. Délire dans l'affect et sa mémoire. C'est au point qu'on peut convenir que l'usage du « Je serai » est comparable au rôle que remplit le pouce dans la main dont un petit enfant fait son compagnon dans les premiers instants de ses jours.

Ces feintes, ces leurres, ces lettres, ces vides, ces rêves, ces rôles, ces images, ces jeux, ces fonctions, ces négations, ces noms, ces personnes, ces néants, ces zéros et ces faux sont propres à la reproduction physique, puis sociale, puis à l'effet d'écho dans la tête qui parle de la langue parlée qui parle dans la tête des hommes qui l'ont apprise du groupe des morts qui précèdent.

L'Histoire du monde a à être perdue. Elle n'a même pas l'apparence d'une ligne. Elle est sans orient. Elle manque de vide et de futur. Elle manque de contingence, de singularité. Je cherche à évoquer des saynètes moins narcissiquement humaines. Je cherche à ressusciter ces scènes de moindre signification mais aussitôt de plus d'emprise. Le plus archaïque n'est pas entassé dans la bibliothèque d'Ur. Il y a de plus vieux entassements que ceux de ces briques, de ces rouleaux qui se déroulaient sous les yeux comme des vagues, de ces livrets qui s'ouvraient en diptyques comme deux mains qui cessent tout à coup de prier. Les chasseurs, les êtres féroces, les savants connaissent ces conduites presque réflexes des organismes vivants. La honte, la pudeur, le frein, le deuil, la mort feinte, la propreté, l'ornementation, l'inhumation résultent d'étranges hallucinations qui précèdent les mots qui prétendraient les discerner. Champignons culturels que des averses d'orages soudains ont fait poindre en un instant dans les forêts de chênes, dans les forêts de pins, dans les sapinières couvertes de neige, sans qu'on les voie paraître dans le nuage qui enserre la montagne, ni dans la brume légère et impénétrable qui précède l'aurore et la couronne ni dans la vapeur qui flue sur l'eau qui ruisselle sur les versants. Des animaux se soustraient au danger des carnivores plus rapides qu'eux par la simulation de la mort. C'est déjà Outis. Subitement une tulipe blanc ivoire, très pâle – sur la petite table devant la fenêtre, près du pupitre couvert de partitions – a laissé tomber deux de ses pétales en un grand bruit qui épouvante l'âme qui pense. Ce bruire imprévisible a rompu l'ordre de la langue. Il interrompt la réflexion. Il a fait sauter le cœur. J'arrête. Je laisse le blanc sur la page comme le silence dans la petite mansarde où je vis entre la nuit et l'aube, entre le plancher et le nuage. Apoptose de l'âme.

CHAPITRE XVIII

Écorce

Rares sont les héros de roman dont on peut contempler la coupe en or au musée du Louvre et dont on a conservé le poignard au musée de Darmstadt. Le faux est un cheval de Troie dans le réel. Dans un roman égyptien qui date de la XVIIIe dynastie, *La Prise de Jopé*, Djéhouty s'empare de la ville en cachant ses guerriers dans de grands paniers de papyrus. Plus tard Zopyre imita la ruse de Djéhouty pour pénétrer dans Babylone. Plus tard Ulysse-Outis imita Zopyre qui imitait Djéhouty pour pénétrer dans Troie. Plus tard ce sont les quarante voleurs, dans des jarres d'argile passées au four, dans la cour de la maison d'Ali Baba.

*

En Champagne, au XIIe siècle, un goupil à la fourrure rousse, prétendit s'appeler un « renard ». Sans cesse il escompte le prix de sa peau écorchée. Son « écorce », dit-il, est son « livre ». Sa ruse est la mort.

C'est le premier roman « roman ».

Du temps où on appelait « branches » les chapitres.

On conserva dans la langue ce prénom de Renard et désormais « goupil » s'effaça comme une brume.

*

Cao Xueqin dans *Le Rêve dans le pavillon rouge* : « Le faux est le seul vrai au pays des fantasmes. »

*

Le « fingere » au sein de la fiction est le « comme si » du théâtre.

Le faire comme si ouvre la porte du réel. Le comme si est un devenir l'autre. Il est comme un rêver debout.

Rêver debout garde l'énigme ouverte.

Le rêve debout est le corps à l'état sensoriel intense. Les cinq sens sont déverrouillés et se laissent envahir. Le corps est dans son état de désir. Le corps lors de son abandon ouvre l'espace du vacillement : il sombre dans l'énigme.

La nature vivante est l'énigme.

*

Il semble que les perdrix – et peut-être les diplodocus – soient à peu près incapables de porter de faux témoignages. Les modernes ont volontiers souligné le caractère exploratoire du faux et de sa falsification. Le faux, du moins le non-impossible, la potentialité du possible, le vraisemblable, l'irréel désentravent. Le faux prend sa source dans la désidération du désir, dans la quête inlassable, carnassière, des rassasiés. Il faut être rassasié pour dormir. Et il faut dormir pour rêver. Cette maraude psychique est inassouvissable. Cette soif ne peut être étanchée. Dans la langue les optatifs mirifiques, les subjonctifs plus malveillants et ingénieux, les conditionnels sublimes défrichent le milieu et recomposent le réel que le zéro, la négation, le futur et le vide essartent et recreusent abyssalement. Trente à trente-cinq mille langues ont labouré et métamorphosé la terre sous les formes de fictions de mondes. E. Bloch vieillissant se plaisait à jouer avec le mot utopie, le décomposant en « ou-topisme ». Le fond du lieu est nulle part. Le fond de ma personne est Personne. Ulysse se prétendant Outis, le goupil qui se prétend Renard en sont les figures principales dans notre tradition. Le héros dupeur est un singe en Chine. Il est de nouveau une renarde dans les îles de l'archipel du Japon. C'est un curieux serpent à bois de cerf en Inde. C'est le triomphe féerique de la ruse, de la voracité, de la malice, du mensonge. Renart, dans les multiples et sublimes branches, est surnommé « l'universel trompeur ». Le motif qui domine son caractère, dans chaque branche, est le plus élémentaire : chaque jour qui naît la faim pousse au faux. Arrive la charrette de la marée lourde de harengs et de lamproies ; Renart se couche au milieu du chemin ; c'est une sorte de peau qui n'a pas été balayée sur la chaussée. Il fait le mort. La charrette s'arrête. Le charretier lui aussi est attiré par la dépouille et le gain qu'il imagine. Et le faux mort dévore le réel vivant.

La seule manière de tromper ce trompeur est elle-même uniforme : il suffit de faire parler Renart. Dès qu'il quitte le réel pour un récit, dès qu'il ne sépare plus la proie et l'ombre, il tombe à la merci du monde linguistique invisible au regard et cette rotation des personnes, laquelle l'enchante, le fait tournoyer. Il succombe au plaisir de parler et, comme il s'échange à l'échange, il est perdu. La plus grande part des fabliaux romans et leur fabuleuse richesse s'émerveillent sans finir de cette séparation devenue inconsciente, pourtant si aisément repérable, entre récit et réel. Entre monde substitutif et monde insubstituable. Avec ce Falsus qui se tient derrière Veritas, avec cette diabolie qui se tient derrière la symbolie, avec cette invention de la langue qui articule ce qu'elle dédouble, qui démultiplie si généreusement les différents agents de la curée humaine, ils tâtent dans le jour comme le rêve qui voyage chaque nuit dans la nuit. On appelle « Es-tu là ? », qui est un nom propre, comme Ulysse le Polytrope donnait pour patronyme au Cyclope dévoreur : personne, nulle part, rien, nihil, zéro, en position sujet. Voilà qui parle. Et rien en position d'objet. Rien toujours perdu, en face d'aucun regard. Rem. Rien. La « rien ». Le sexe masculin. Chose ignorée. Vide. Ni dedans. Ni dehors.

CHAPITRE XIX

Katharmata

J'oppose René Descartes et Sôsos de Pergame. Je place face à face la tabula rasa et l'asarôtos oikos. La table antique est couverte de toute la vaisselle de la Grèce et de l'Égypte, de tous les mets que la terre et les arts produisent aux quatre coins de l'empire, dont les déchets retombent sur le pavement non balayé, dépouilles, fourrures, carapaces, masques, images. Les mots mêmes que nous prononçons sont d'incroyables et millénaires restes ; reliques de cris, résidus de fonctions à l'instar des noms propres de l'ancienne Assyrie ; incroyables systas ; incroyables citernes ; incroyables entrepôts ; incroyables ziggurats ; incroyables Babels tombées du bec des Célestes. Sublimes braises du premier feu sur lequel nous soufflons autant que nous parlons, fourgonnant parfois jusqu'à l'incendie – jusqu'aux immenses flammes qu'elles lancent soudain en nous dans la folie, le délire, la création, l'amour. Il y a un « incendie inaperçu » au cœur de la terre comme il y a de la

« lecture muette » au fond de la psychè. Comme le volcan qui erre sous l'eau et exhausse les îles de la mer Tyrrhénienne. Qui ravage Ischia. Ou qui ravage celles de l'archipel du Japon. Ou qui soulève la cité d'or d'Istanbul. Une combustion souterraine et continue pulse au fond de nos corps. Les katharmata, qui résultaient de la katharsis, mot qui désignait la séparation à Athènes, lors de la fête des Pompaia, étaient des peaux de bœuf ou des peaux de chien qui avaient été déposées aux carrefours et dans lesquelles les citoyens rejetaient les reliefs des repas sacrés, les détritus des lustrations, les ongles rognés et les cheveux coupés. Hipponax d'Éphèse dit que pour nettoyer une cité (polin kathairein) l'on bat avec des branches de figuier un homme qu'on choisit au hasard et qu'on appelle kathartès et on le frappe avec des oignons de scille.

Plus étrange qu'un balai gaulois en feuilles de genêt : c'est un homme qui meurt sous les coups de tous.

*

René Descartes opposait les rues à angle droit des villes neuves aux ruelles tortueuses et incommodes des cités médiévales anciennes ; et il a émis plusieurs fois le vœu qu'on les rasât. Il estimait que penser, c'était mettre de l'ordre, que mettre de l'ordre, c'était éliminer le désordre. Il croyait qu'apporter de la clarté, c'était chasser l'ombre alors que le flambeau apporte avec les mouvements de ses flammes les nouveaux désordres des ombres plus inopinées et plus récentes. Il jugeait que cliver les oppositions, diviser les sous-divisions, permettaient de confondre la confusion. Que déchaotiser c'était éprouver un sentiment de paix et d'évidence, et non d'inquiétude et de gêne ; c'était s'approcher de la vérité ; c'était multiplier les chaînes des raisons et subordonner et compartimenter les revues des êtres sous forme de tableaux dans l'espace. Les carrés d'abcisses et d'ordonnées qu'il inventa restent ce temple que les lituus des augures inscrivent dans l'air vide. Comme la plupart des philosophes et la totalité des mathématiciens, son inclination le portait aux obsessions homogènes et aux manies qui retranchent. Les animaux étaient des machines qui ne sentaient rien – comme aux yeux de Platon les poètes étaient des renards et des joueurs de pipeau, de petit hautbois, de chalumeau et de musette. Platon, de la même façon, ne cessait pas de kathairein, de nettoyer sans cesse, de séparer sans cesse, de distinguer sans cesse, de détourner les vieux rituels initiatiques des mystères de la Grèce, ou des arcanes de l'Égypte, ou des magies de la Perse, à des fins d'ascèse sociale où sa philosophie viendrait régner enfin dans la dévotion aux tyrans.

Un homme oublia le corps, douta du monde. Mais pas un instant il ne révoqua en doute ni Dieu ni âme (ce sont des termes dont les Anciens usaient volontiers et qui signifiaient autrefois les ancêtres-idoles procréateurs et les fantômes identificatoires plus ou moins détachés des proies qu'ils pourchassaient et dévoraient). Cet homme laisse songeur. Une telle table rase est un accès de mensonge porté au paroxysme. Que la table soit rase, que nous naissions de notre propre corps, qu'il n'y ait pas de passé en ce monde, que la sexualité n'existe pas, que la langue ne soit pas péniblement acquise par des animaux qui l'ignorent, est à proprement parler ce qu'on désigne par délire.

*

La falsification qui anime la psyché entraîne au-delà de la rêvée qu'elle déborde, précipitant des conséquences dont la potentialité est terrible. Les trois derniers siècles – portés par l'idée que l'Histoire aurait été une fin assignée à l'espèce – ont jeté dans un néant approfondi des générations d'hommes devenus fanatiques. Je n'ai connu que des « réverbérations » de ce spectacle, étant né dans sa ruine. Je ne suis pas parvenu à en affronter l'horreur, la volonté purificatrice, la foi, l'extraordinaire industrie de la poussée de la mort. Comme il me parut que je touchais du doigt une souche nullement singulière de démence établie à demeure au sein du monde mental – mens mentiri – j'ai pris la résolution de rejeter comme fausse toute vérité à la seule considération qu'elle parût claire et distincte. Je décidai de proscrire tout système qui fait trop lumineusement voir qu'il mendie une sorte d'assurance qui l'oppose aux cauchemars. Toute réprobation d'un cauchemar décèle une folie maniaque. Même la qualification de cauchemar concernant un rêve me paraît une faute par rapport au désir qui en anime les images. Je m'attelai à ne plus écarter aucune idée confuse dans le royaume où je décidais d'errer plutôt que conquérir. Je me résolus à me laisser sans cesse écarteler par les embranchements des branches, par toutes les bifurcations imprévisibles, par tous les carrefours possibles. Je me promis de ne pas chercher du sens à ce qui n'oriente pas dans la bourrasque qui pousse et qui accable et qui soulève et qui afflue, de ne rien réduire jamais à une seule signification verbale qui distrait systématiquement de la nature et de la terre dans l'étendue du ciel. Il me parut qu'il ne me fallait à aucun prix balayer les restes du vieux festin, moins primitif qu'infini, dont la variété s'étalait devant mes yeux depuis qu'ils s'étaient ouverts. Notre conscience n'est pas en nous. Toute la tradition est tout l'apprentissage. Nous n'avons ni début ni fin. Inachevés et déduits par la naissance, la mort nous prend de court, en sorte de révolutionner une identité qui n'est pas, qui ne sera pas parce qu'elle ne fut pas, et qui n'est qu'une position de la langue au cours du dialogue que la société anime et que la mémoire, plus profonde, plus fidèle, oublie.

Seule la « faim » borne le corps dans le jour.

Le seul écran social est finalement le sang. On voit rouge.

La raison est tellement plus aveugle que ce que voit involontairement le rêve quand la nuit se fait. Parce que la raison refuse et remanie tous les témoignages de sa propre et inlassable progression, elle semble raisonnable. Parce qu'elle soustrait dans son procès même la faim qu'elle assouvit en détruisant.

De la sorte, dans son progrès sans cesse révisionniste, elle coupe sans cesse le lait, elle mouille sans cesse le vin, elle dérobe sans cesse à son propre regard la violence qui l'anime dans la domination qu'elle étend dans l'espace au-delà de la planète elle-même et le viol qu'elle commet dans chaque âme. Au cours de la curée à laquelle elle prend part elle est ce qui s'essuie la bouche du coin de sa serviette sans arrêt. Elle ne cesse d'amender la bibliographie au terme de l'article. Elle a non seulement les mains nettes mais elle n'a de cesse de les prolonger des instruments qui contribuent à accroître la distance entre l'apparence qu'elle offre et la fonction qu'elle remplit. La souveraineté sacrificielle qui instruit la maîtrise de la vérité, les institutions qui la constituent et la détaillent ont un côté « service de table » héritier, sans qu'on voie la moindre interruption, des instruments de chasse plurimillénaires. Dans la cuisine chinoise traditionnelle, non seulement le couteau ne peut passer la porte des cuisines mais rien qui soit en bronze ne peut quitter le four et le feu. Le couteau, ce souvenir du sacrifice, ce vestige de la katharsis, ce « secare » éponyme de tous les sexes, cet indice de la séparation évolutive, générique, animale, sociale, n'est pas supportable dans la salle où se tient le banquet communautaire. Aucune silhouette animale ne se voit sur la table, ni n'entre dans la bouche, ni même ne doit s'y prononcer.

*

L'écrit met au silence la langue parlée et la fragmente sous forme de lettres dans le milieu visible pour l'offrir au regard sans qu'elle parle désormais. C'est alors, dans l'objectivation de la langue dans l'écrit, que les vieilles images des différents caractères exhibent le faux dont elles gardent les cornes et les plumes dans leurs traces – dans leurs caractères – qui sont autant de vieux visages. Les livres nous donnent le moyen de remonter le temps. Nous pouvons rejoindre l'époque de Néron. Nous pouvons entendre encore un peu la voix de Perse et nous échanger à la précision de ses vers douloureux. Lui-même tenait ces images de Lucrèce qui tout à coup résonne dans les ondes du temps. Tous les mots sont d'abord des loquelae : des petits cris d'appel et des pauvres prénoms qui ne sont encore que des signaux et non des signes. Toute langue est d'abord une lallatio qui bourdonne près d'un sein. C'est un objet à la place d'un autre – mais singulièrement c'est un nom imposé par des gens récents qui cherchent à parler à un corps plus ancien dont ils sont muettement issus – du temps où ils vivaient dans l'eau de leur mère, jadis, lovés en chien de fusil derrière le verrou de son sexe, dans le clair-obscur d'une outre qui n'était alors visible par personne et qui n'avait, de toutes les manières qu'on l'envisage, rien de social. Un nom peut être irrépressible mais sa source est aussi *empruntée* que l'air dans la naissance. Les Romains aimaient à dire aux Grecs le soupçon qu'ils entretenaient à l'endroit de la raison, à leurs yeux toute sentimentale, à laquelle les Grecs, et particulièrement les Athéniens qu'ils avaient écrasés et entièrement soumis à leur empire, accordaient une foi qui leur paraissait superstitieuse et démoniaque. Porcius Latron a consacré ses jours à ce reproche. Si j'applique mon esprit au fond de mon cœur, est vrai tout récit qui porte son secours au désir de ceux dans le regard desquels je cherche mon reflet. Le critère de la vérité est leur plaisir, leur approbation, le souvenir d'une voix aiguë, féminine, infectante, sidérante, lointaine –, le souvenir d'un sourire qui ne dissimule plus ses dents. Ô ma mère dont je ne ressens plus que le lointain effroi ! Comme la vérité est alors réduite à tout ce qui complaît à ceux à qui je suis assujetti ! Le critère du mensonge a longtemps et justement passé pour un sentiment de culpabilité à l'égard d'une dépendance trahie ou d'infidélité à sa source physique. La conscience s'accuse elle-même et souffre jusqu'à l'aveu, où elle croit se dégager de sa souffrance dans l'énonciation, qui est l'étoffe de son mensonge. Récompenses, petits objets de sucre, bons points, tableaux d'honneur, légions d'honneur, images pieuses, reliques des martyrs ! Dans la régurgitation de la langue autrefois si péniblement acquise à partir des lèvres maternelles, l'aveu ne cherche jamais la vérité. Il cherche à vomir son malaise. Il cherche la paix qu'on éprouve à renouveler une vieille et totale et volontaire servitude. Il a la nostalgie d'une consolation parce qu'il a au fond de lui l'hallucination d'une étreinte dont il reste l'otage.

*

La vérité se porte toujours comme un charme. Cela veut dire comme un *carmen.* Ce qui signifie comme un chant. Mais cela s'entend aussi comme ce petit arbre des taillis et des feux, carpinus, au bois si blanc, aux longues feuilles épineuses. C'est-à-dire à la manière, là encore, d'un hallucinat d'arbre pour balayer le monde.

CHAPITRE XX

Deux colombes sur le bord d'un canthare

Pline l'Ancien rapporte que deux colombes, sur le bord d'un canthare, retrouvaient avec joie l'eau et le miroitement de l'exubérance journalière de la lumière qui illuminait le monde et qui venait nourrir la nature au bout des bourgeons et sur le col de chaque pétale de chaque fleur. Et le soleil les nourrissait patiemment. Et il les réchauffait. Les oiseaux-âmes, disaient les anciens Romains, s'ébrouaient sur cette *rive de lumière.* Puis ils épluchaient une à une leurs plumes de l'eau qui s'égouttait et qui retombait du bout de leurs ailes sur le bord du canthare. De même, pour peu qu'on épouillât, qu'on écorchât, qu'on scalpât, qu'on tronçonnât les têtes des hommes, la plupart de nos vérités se réduisent très aisément selon deux grandes classes : soit à l'état d'analgésiques, soit à l'état de cantharides.

Rien ne nous éclaire si lumineusement sur la sagacité d'un ami que d'en être loué. Et rien ne nous assure plus de la vérité d'une démonstration savante que de voir figurer en notes un certain nombre d'auteurs convenus qui font hiérarchie à l'exclusion d'un certain nombre d'ouvrages passionnants auxquels on a tout pris et qu'il ne faut pas nommer. Sciences, recherches, méditations, piétés, ce ne sont que trafics de compliments, de services rendus, de plaisirs narcissiques, d'assiettes sociales mais aussi de crédits bancaires, de vêtements somptuaires, de colliers, de bracelets, d'anneaux, de décorations –, de ronds de serviette, de bavoirs ou de tourets de nez, de petits rince-doigts en cristal ou de couverts en argent frappés au nom du maître.

La vérité est une « illusion » à la manière du nimbe plus ou moins halluciné qui entoure les cheveux tonsurés des saints.

Comme la brume que lève l'étoile à l'aube autour des collines qui entourent Rome.

Latium, Lazio, signifient le Dissimulé.

Telles les âmes-oiseaux – qui dérivent des charognards, des autours, des vautours, des corbeaux dévorateurs des carcasses abandonnées des mammifères morts – et que Sôsos euphémiquement peignit, blanchit sous l'espèce candide, conciliante, pseudopacifique et infiniment piapiateuse et roucoulante des colombes.

La vérité est un rôle, un pas en arrière, une moue dubitative, une certaine intonation, une capacité à parler la meilleure langue sur le front de tout – une agilité et une affabilité toutes sociales.

Un vêtement sobre, légèrement passé, sombre, un peu intemporel à la façon, chez les oiseaux, du plumage d'éclipse.

Des cheveux ni excessifs ni trop pommadés, jamais teints, échappant à la mode du jour.

L'œil très clair c'est-à-dire l'œil ouvert, c'est-à-dire l'œil défasciné, quelque chose de taciturne, de lent et de placide à quoi s'ajoute une voix, non pas inassurée, mais hésitante,

à chaque instant crucial de l'argumentation il fait qu'elle se laisse croire la volontaire du tour qu'elle a choisi,

morne un peu aussi, cassée par l'abus du silence, enrouée par l'assuétude de la méditation, portée à ne jamais se hausser ni clamer, à s'affaiblir encore,

avec des coups de mépris doux et sereins qui sont autant de têtes de nouveau qui se tranchent et qui tombent dans le seau de sciure,

mais un voile par là-dessus, un nuage encore pâle d'aube et, de temps en temps, au fond de l'œil une petite lumière espiègle qui jette son éclair ou son enfance, mais le plus souvent presque engloutie, encore à demi vivipare, dérobée ou translucide, latente, en arrière-garde sinon éteinte, et dont le sens est inexprimable.

*

Leo Strauss a écrit *Persecution and the Art of Writing* de 1941 à 1945.

Jeu grave de l'art.

Jeu de rôle et de secret et de ductus obliquus. Il n'y a pas un mot à ajouter à ce livre de guerre.

*

Un héros de la fable grecque, comme il tourna la tête tout à coup en arrière, vit la mort. Il aperçut sans délai ses effets s'étendre sur le corps humain qu'il chérissait le plus et qui gravissait derrière lui un chemin qui cherchait la lumière.

Il souffrit. Il pleura. Il chanta même. Il désira mourir à son tour.

Sa tête, arrachée vivante par les femmes, roula sur la berge d'un fleuve.

Je ne suis pas certain que s'il avait persévéré à regarder droit devant lui il eût eu devant les yeux un spectacle bien différent que celui qu'il souffrit de voir. En tout cas il n'aurait pas éprouvé des surprises moins singulières que celles qui lui avaient inspiré de l'horreur et qui le firent se détourner du groupe. Et le cours de son destin n'en aurait pas été plus sûr. Pour ce qui concerne le sentier, lui-même assez escarpé, que je cherche à gravir, si je considère les expériences accumulées, parfaitement contradictoires, et les maximes que j'ai tenté de former jusqu'à ce jour, la nuit elle-même venant, ayant passé le pas du soir, il me semble que je n'ai pas fait le moindre progrès dans la lumière, dans l'accroissement de la lumière, dans la recherche de la vérité, dans la domestication de la falsification spontanée qui règne dans l'esprit, en sorte que je ne puis nourrir aucune illusion pour les temps à venir, ni entraîner à ma suite ni les aimés, ni les plus fidèles, ni les proches, ou ceux qui le furent, ou ceux qui le crurent, ou ceux qui le seraient peut-être sans que je puisse un instant en avoir le soupçon, ni les pousser à quelque guerre sainte sous le drapeau d'une vérité dont la nature est finalement totalement sacrificielle c'est-à-dire exterminatrice, ni les plonger dans un instant d'exultation en chantant des hymnes orphiques qui leur parleraient du sens de leur expérience, du sens de l'Histoire, du sens de leur espèce, du sens de la terre, du sens de la vie, du sens de la matière, du sens de l'univers et de son origine. Le XXe siècle a renvoyé à nos regards une image qu'on ne peut plus récuser ni chérir. Ni même apprivoiser. Qui n'éclaire plus.

Car ce n'était pas une lumière.

Nous ne le savions pas mais ce n'était pas une lumière.

Le siècle des Lumières était un siècle sombre.

La nature de l'homme ne s'est pas tout d'un coup avilie, ni ne s'est si soudain empirée.

Jusque-là, jusqu'à la Grande Terreur, jusqu'en 1871, jusqu'à la fin de 1913, flottaient encore dans l'espace des songeries rougeâtres ou rosâtres qu'on appelait progrès, révolution, humanisme, communisme. Dans le même temps la plupart des religions persévéraient leur ascendant et poursuivaient leurs charmes d'assujettissement en permettant de se méprendre sur le fonctionnement social, sur l'invraisemblable curée qui prospérait dans son ombre.

Aujourd'hui ce n'est plus l'Égypte dont nous avons le souvenir et dont il faut chanter l'élargissement en mangeant des oignons ou des branches de céleri.

Aujourd'hui ce n'est plus Babylone qu'il faut fuir parce que Cyrus a apposé son sceau sur un édit. Aujourd'hui nous n'avons plus de rive, ni d'oasis, ni de clairière, ni de jardin, qui attendent sur cette terre comme un repos, ou qui offrirait un accord de paix universelle, ou qui prétendrait tenir la promesse d'un orient, ou ne seraient-ce que l'eau et l'ombre d'un éden.

La rive du Pacifique, à l'est du monde, est baignée de vagues qui sont devenues étranges, car la vie ne s'y perçoit plus.

Aujourd'hui nous voyons comme face à face : dans une épouvante irrémédiable – l'esprit assiégé, hanté, saccagé, soumis à la pression de tous côtés des passions de nouveau religieuses, des dominations étatiques, des vérités thanatiques véhémentement proclamées, des performances technologiques aussi terrifiantes qu'elles sont tenacement réalisées.

Peut-être, un jour, nous reverrons-nous comme dans un miroir et d'une manière confuse.

Et au loin la silhouette du pin parasol dans sa brume.

Au loin la colline bleutée. Le voile de lumière comme grenu et vibrant. Le faible chant du Tibre.

*

(Nous verrions d'une manière dubitative, aporétique, écartelée, si l'esprit aimait percevoir autant que le corps aime sentir. Mais le fonctionnement de l'esprit ne naît pas de la vision qui simplement inverse le monde et le met cul par-dessus tête sur la paroi interne du cerveau. Du moins la perception dont il hérite est celle qui provient du songe involontaire et nocturne qui est gagné à ce qui manque.

Avant de parvenir à la lumière, avant que nos corps minuscules poussent avec le front le sexe d'une femme, nous rêvons quelque chose de si informe qui épouse la forme d'une onde.

Nous entendons une sorte de chant ou plutôt de rumeur.

C'est l'incroyable merveille sensorielle du réel.

C'est l'énigme pure.

Si la pensée aimait percevoir le réel plutôt que regarder en elle des prestiges que la volonté ne commande pas, plutôt que de thésauriser des fantasmes, plutôt que de rêver à tous les disparus qu'elle a aimés et à tout le perdu dont elle émerge, elle s'efforcerait de dé-rêver à l'aide de falsifications rongées ou démenties, faussées, point trop claires, toujours un peu poisseuses du plaisir souche, un peu collantes de l'eau du premier monde, moins distinctes, plus absconses, plus tordues que droites ou que directes, qui ne vainquent pas le faux lui-même.

À l'aide d'apories, sentes du bout du monde, labyrinthes, défilés resserrés, jardins.)

*

La vérité au sens de re-velatio, ne conquiert rien sur la nudité qu'elle ré-vèle.

Elle la dénude. Mais elle ne rend pas de témoignage sur le voile qui a inventé la nudité en la recouvrant.

Elle n'explique pas cet étrange « velum » si nécessaire à la vérité qu'elle fait apparaître et à partir duquel le désir s'engage déjà.

La vérité ne progresse pas sur le réel : elle s'en sépare même dans la honte, où la nudité se sacrifie plus encore pour que la société en dispose, l'instrumente, l'orne, s'y excite. Le peu d'espoir dont elle peut animer est sans conquête humaine ni sociale : elle est liée à la dubitation.

La dubitation est liée à la fiction comme le rêve l'est à la solitude.

Toute psyché rêve seule.

Toute vraie pensée pense seule.

Toute vraie lecture est solitaire.

*

Il ne voit pas le livre qu'il lit. Il n'est même pas seul, il n'est rien. S'il lit vraiment il voit le monde invisible que les mots évoquent, là où l'âme aime aller. Et celui-là seul, qui ne dit rien, je l'écoute. Je lis des œuvres qui sont fictives et plus la fiction ne prétend point autre chose que d'être fictive, plus j'entends un son qui vient de vraiment loin et qui ne trahit en aucune façon le désir, la force, la poussée, la curiosité, la faim tenace, la vie qui déborde l'espace auquel elle accède.

*

Le fils d'un marchand de pastel et de harengs salés dans le port de Bordeaux a écrit au livre III :

« On me faict hayr les choses vray-semblables quand on me les plante pour infaillibles. J'ayme ces mots, qui amollissent et modèrent la témérité de nos propositions, À l'aventure, Aucunement, Quelque, On dict, Je pense, et semblables. » À l'aventure, il m'est arrivé, quelquefois, de penser que ces mots qu'il avait inscrits dans la marge d'un livre – parce que sans doute il n'avait pas songé une seconde, un quart de seconde, à balayer les harengs sous la table – étaient les plus justes qui pouvaient être dits de ce monde à ce monde.

*

Les romanciers de nos jours, au-dessous du titre qu'ils ont donné à la narration qu'ils ont menée à bien, après qu'ils l'ont soumise à l'éditeur, sont attachés à la mention du mot *roman* sur la page de couverture de leur ouvrage. Ce mot n'est nullement un concept et il ne désigne que vaguement un genre lui-même vague dans l'histoire de l'écrit. Mais c'est un signal. Ce mot veut dire : « C'est faux ! » et aussi bien ceux qui sont si attachés à la présence de ce petit mot parisyllabique de roman – qui signifiait simplement à l'origine un ancien Romain parlant la langue latine – c'est-à-dire la langue dissimulée du Latium aux collines bleues recouvertes de minces couches des nuées de brume de chaleur pâle –, pour peu qu'on leur demande pourquoi ils mettent tant d'insistance à s'assurer de sa souscription en petits caractères italiques, notée toujours sans majuscule, répondraient sans doute que c'est là signer un pacte avec ceux dont ils convoitent qu'ils les lisent.

« Roman » est alors une sorte d'adresse qui signifie : le plaisir que vous êtes en droit d'attendre de ce livre est le plaisir du faux.

Vous pouvez avoir l'assurance d'un monde qui aura la consistance parfaitement singulière et hétérogène des êtres fictifs, qui offrira dans la langue vernaculaire le soin qu'on met aux œuvres désintéressées ou ruminées ou architravaillées, ou objectivées, ou mises au silence, ou artistiques, qui certifiera enfin une indépendance et même une indifférence totale à l'égard du réel, de la mode, du temps, des souvenirs de l'Histoire et de tous les hommes qui y vécurent.

« Roman » signifie : Ce monde, cette poche, cette outre dans laquelle vous allez entrer comptera pour du beurre. Cette poche est hermétiquement close. Cette outre ne connaît pas le temps.

On appelait à Rome « uterus » l'outre cousue et pleine d'air sur laquelle le légionnaire traversait le cours d'eau sans qu'il risquât de se noyer dans le mouvement et la véhémence du flot, en sorte de gagner l'autre rive.

Tout lecteur, chaque fois qu'il prend un ouvrage de fiction entre ses mains, est un être plongé tout à coup à l'est de l'Europe, dans le Wurtemberg, à la fin du xve siècle. C'est une espèce de vieux charlatan qui signe de son sang un *accord* plutôt qu'un *contrat* avec le maître qui règne sur le monde inverse du monde. C'est Faust et Lucifer. Il accepte la diabolie. Il l'accueille. Tout lecteur parvient lui aussi, le soir, à la frontière du sommeil, à évoquer le fantôme de la belle Hélène de Troie à l'instant où Pâris conçut le désir irrésistible du rapt.

CHAPITRE XXI

La crise sacrificielle

Jadis il y avait une femme qui avait un porc. Le porc courait dans la forêt pour manger des glands. Lorsqu'il eut mangé assez de glands, la femme lui dit : « Cochon de lait, il faut rentrer. » Mais le porc ne le voulut pas. Alors la femme se tourna vers le chien et lui dit : « Petit chien, il faut mordre le cochon de lait, le cochon de lait ne veut pas rentrer. » Le chien dit : « Le porc ne m'a rien fait, je ne lui ferai rien. » Alors la femme alla vers le bâton et lui dit : « Bâtonnet, il faut frapper le petit chien, le petit chien ne veut pas mordre le cochon de lait, le cochon de lait ne veut pas rentrer. » Le bâton dit : « Le chien ne m'a rien fait, je ne lui ferai rien. » Alors la femme se rendit auprès du feu et lui dit : « Petit feu, brûle-moi le bâtonnet, le bâtonnet ne veut pas frapper le petit chien, le petit chien ne veut pas mordre le cochon de lait, le cochon de lait ne veut pas rentrer. » Le feu dit : « Le bâton ne m'a rien fait, je ne lui ferai rien. » Alors la femme alla vers la rivière et lui dit : « Ruisseau, éteins-moi le petit feu, le petit feu ne veut pas brûler le bâtonnet, le bâtonnet ne veut pas frapper le petit chien, le petit chien ne veut pas mordre le cochon de lait, le cochon de lait ne veut pas rentrer. » Alors la rivière dit : « Le feu ne m'a rien fait, je ne lui ferai rien. » Alors la femme alla vers la vache et dit : « Petite vache, bois-moi le ruisseau, le ruisseau ne veut pas éteindre le petit feu, le petit feu ne veut pas brûler le bâtonnet, le bâtonnet ne veut pas frapper le petit chien, le petit chien ne veut pas mordre le cochon de lait, le cochon de lait ne veut pas rentrer. » La vache dit : « La rivière ne m'a rien fait, je ne lui ferai rien. » Alors la femme alla chez le boucher et dit : « Gentil boucher, tue-moi la petite vachette, la petite vachette ne veut pas boire le ruisseau, le ruisseau ne veut pas éteindre le petit feu, le petit feu ne veut pas brûler le bâtonnet, le bâtonnet ne veut pas frapper le petit chien, le petit chien ne veut pas mordre le cochon de lait, le cochon de lait ne veut pas rentrer. » Alors le boucher dit : « La vache ne m'a rien fait, je ne lui ferai rien. » Alors la femme alla chez le bourreau et dit : « Monsieur le bourreau, pends-moi le gentil boucher, le gentil boucher ne veut pas tuer la petite vache, la petite vache ne veut pas boire le ruisseau, le ruisseau ne veut pas éteindre le petit feu, le petit feu ne veut pas brûler le bâtonnet, le bâtonnet ne veut pas frapper le petit chien, le petit chien ne veut pas mordre le cochon de lait, le cochon de lait ne veut pas rentrer. » Alors le bourreau dit à la femme qu'il pendrait le boucher. Alors le boucher dit :

« Plutôt que d'être pendu, je découperai la vache. » La vache dit : « Plutôt que d'être découpée, je boirai la rivière. » La rivière dit : « Plutôt que d'être bue, j'éteindrai le feu. » Le feu dit : « Plutôt que d'être mouillé, je brûlerai le bâton. » Le bâton dit : « Plutôt que d'être brûlé, je frapperai le chien. » Le chien dit : « Plutôt que d'être frappé, je mordrai le porc. » Le porc dit : « Plutôt que d'être mordu, je rentrerai. » Alors la femme dit : « Viens par là, joli petit cochon de lait tout rose. » Alors le porc gris passa lentement devant la femme, rentra dans sa bauge, et ce jour-là personne ne fit de mal à l'autre.

*

Les contes hébergent le noyau de faux du monde.

Ce conte consacré à l'animal du sacrifice a la forme déductive si stricte des sorites par lesquels la pensée de Confucius s'imposa à la Chine.

C'est un roman défait.

C'est une déduction négative des mages de Sumer désensorcelant les flèches empennées maléficiantes en en ôtant un à un les constituants empoisonnés.

Alors, au fond du bol, le lait tourne, le réel peu à peu caille, la matière linguistique se décompose en ses différents éléments et rejoint l'origine.

C'est une crise sacrificielle mimée à l'envers et résolue du simple fait de son analyse, analyse qui ne progresse que par l'usage de la négation.

Ce conte a été recueilli à Strasbourg, là où notre histoire nationale se fonde et là où notre langue s'engendre, dans le froid terrible, entre l'Ill et le Rhin, à la fin de la matinée, le vendredi 14 février 842.

C'est un minuscule chef-d'œuvre politique.

CHAPITRE XXII

Mentior

À la cour du roi Dagobert saint Florent était sans cesse humilié par les courtisans. Un jour, à son arrivée au palais, les compagnons du roi, comme à l'accoutumée, se détournent de lui avec hauteur. Ils ne lui ôtent pas son manteau. Saint Florent les ignore et s'avance. Il entre dans la grand-salle. Un rayon de soleil tombe d'une meurtrière à sa droite. Il y accroche son manteau. Il va jusqu'au trône de Dagobert, s'agenouille, baise l'ourlet de sa robe. Il ouvre la bouche, il dit, etc.

Cet être qui en passant accroche si naturellement son manteau à un rayon de soleil me plonge dans le bonheur.

*

J'aime le faux depuis le langage, à partir du langage, parce que le faux *est* le langage. Le langage, sous la forme de la langue parlée maternelle fascinante, est un étrange toxique invisible qui a été acquis par charpies et bribes, par essais et erreurs, par récompenses et frustrations. Le langage est introduit avec violence dans le corps aparlant, puis apprivoisé avec patience par le souffle, puis assimilé avec peine par la conscience par celui qui s'y assujettit alors volontairement. Le langage est cet étrange monde substitutif et allogène qui parasite l'intériorité humaine. Il en métamorphose la nature. En lui se décontextualise toute expérience. Il est ce qui enfle, gonfle, distend, espace le volume de la boîte crânienne, ce qui extermine le site immédiat, ce qui met à feu l'affrontement des deux êtres au cours du dialogue, ce qui désexualise radicalement le je et le tu des deux corps qui s'échangent les positions dans le langage, ce qui neutralise les personnes, les âges et les genres ; ce qui vient tendre et orienter et diriger le temps qui jusque-là tournoyait comme un cercle de jour et de nuit, de soleil et de lune, d'étoile et de planètes, de mois et de saisons. C'est tout ce qui rompt le réel.

*

J'aime le faux mais, à vrai dire, j'en cherche l'éclair. J'aime surtout cette foudre rapide qu'il reçoit encore et toujours de l'amont du langage. J'aime l'orage qui précède la *vie* même dans le ciel –, qui fracture la matière. J'aime cette musique primaire, bouleversante, « étonnante » – comme j'aime tous les chants innumérables des oiseaux, toutes les résurgences des tourbillons stellaires dans les flots, dans les ramures, dans les pluies elles-mêmes. Parce que l'orage tremble, parce qu'il se disloque, l'orage pense avant que la nature soit. Le ciel alors « prémédite » son propre temps et le dispense dans sa nuit pour ainsi dire neuve, dense, immédiate et gravide. La fulguration court-circuite le temps et illumine l'étendue céleste qu'il épanche. Keraunos est le déchirement du monde. Éclats de lumière qui êtes autant de fragments d'une contemplation imprévisible pour aucun regard, avant toute animalité. Météores qui fusez dans la nuit entre les planètes qui errent et les galaxies qui explosent et les étoiles qui brûlent. J'aime *l'éclair* soudain parce que j'aime *l'éclaircie.* J'ai toujours coïncidé follement aux mouvements des orages et attendu l'étrange *éclaircissement* à leur terme, où le ciel bouleversant, nu, bleu, pur, apparaît soudain au milieu de la nuée comme la douce peau lisse de l'Invisible lui-même. Beauté imprévisible et désirable telle la proie, pour l'affamé qui l'aperçoit, au loin, dans le champ visuel qu'elle dérange et modifie et enchante. Tel l'homicide, pour le vengeur. On reste toujours dans la chasse qui dura quatre-vingt-dix millénaires. On reste toujours dans cette polarisation entre des pôles qui sont vivants, entre des sexes qui s'opposent, entre des charges qui se tendent ou qui se font plus denses. Les contacts foudroient. Les pôles – vrai et faux, un et zéro, vivant et mort, je et tu – sont indissolubles. C'est « l'altercation », écrivait Montaigne, qui engendre le dialogue – que la littérature et son silence et sa solitude et sa « fulgurance » détestent. Le chasseur est mêlé si silencieusement et si passionnément à sa proie, dont il imite les mœurs, dont il emprunte les modes de prédation et les cris, dont il envahit les grottes et les sites, dont il imite l'apparence en se vêtant de lui – tous deux se mangent car tous deux mangent passionnément. L'excitation extrême où peut plonger l'attrait du faux sur un petit garçon plus ou moins romanesque ou endeuillé ou mythomane ou anorexique ou pervers ou dissimulé me paraît moins énigmatique que n'importe quel enfant – de quelque âge que ce soit – tout à coup hanté et déchiré par le dieu de l'aveu irrépressible du crime irrépressible. Détresse alors quasi suicidaire où soumet la pression du vrai – à supposer que ce ne soit pas là encore celle de la langue parlée acquise dans la fascination dévotieuse puis puérile à l'égard d'une mère ou d'un père. Confiteor qui entraîne la paix océanique de l'absolution. Contrition qui aime sa pénitence. Mystère de la souillure et de l'urgence du lavement des mains qui saisit celui qui rentre chez lui. Une nuit du mois d'avril 30 dans la cité de Jérusalem un Romain qui était à la tête de plusieurs légions d'occupation se lava les mains devant tous et dit : « Je suis innocent du sang qui a été versé. »

Alors, dans cette merveilleuse innocence purement linguistique – c'est-à-dire totalement falsifiante – des mots que l'on prononce, il versa le sang puisqu'il était le gouverneur.

Les pieds furent cloués. Les mains furent percées. Le sein fut perforé.

Le sang s'écoula le long de la hampe de la lance et il toucha la main qui elle-même toucha la vue.

Celui qui avait été mis à mort avait juste affirmé devant le représentant de l'Empire : « Mon royaume n'est pas de ce monde. »

Ceux qui le firent mourir étaient jaloux d'un monde qui n'était pas de ce monde.

Et ce même gouverneur étrange lui avait répondu aussitôt : « Qu'est-ce que la vérité ? » Quid est veritas ? C'est dans cette mixité de sang et de mots – de haine et de pouvoir – que le réel soudain avait surgi comme un éclair qui déchire une nuée obscure. Au-dessus d'un mont de chauve, à la périphérie d'une citadelle ancienne, au-dessus d'une croix plantée à son sommet, cette scène est encore celle d'un orage *éclaircissant*. C'est à l'intérieur de cette altercation des alter que la séparation elle-même remonte à la surface, dans la violence orageuse soudain, dans la sauvagerie imprévisible, aléatoire et brusque de l'orage où les dieux tout à coup jaillissent, tombent et incendient, à l'instant décisif –, c'est dans la mise en lumière elle-même que s'avance une obscurité renouvelée et que la nudité se contraste, se perd, se rêve, se couvrant d'ombres inopinées qui la dérobent à proportion qu'elle luit et se révèle en partie entre deux masses noires. Comme le désir s'éteint dans la jouissance qui le terrasse et en oublie la fièvre. C'est la pression de la langue dans l'âme humaine qui pousse et fait l'aveu.

La langue natale n'est pas natale ; elle est un corps étranger pour le corps qu'elle a dévasté et qui se perd désormais en elle.

L'aveu *vomit* ce corps ancien, chaîne de mots conçue pour relier au groupe et en subir les contraintes.

La lampe, la langue, qui sépare le lumineux de l'obscur accentue l'obscurité de ce qu'elle n'illumine plus.

L'ombre tout à coup si dense que portent les objets sur lesquels la lampe projette brusquement la clarté est son obligée mais cette ombre est comme la trace de cet amont de chair que la langue a gâté, a destitué, a désolé, a ruiné.

*

Tel est le vrai « mystère » à l'instant même où le « myste » pénètre dans le dédale caverneux et la nuit noire d'Éleusis. C'est en quoi la jubilation du faux verse si souvent et si brusquement dans la culpabilité face à l'Éclair. Et même conduit à une angoisse inexprimable. Une crainte superstitieuse en naît. Il y a dans ce faux excessif, c'est-à-dire dans la vérification du vrai par le faux conçu comme le contraire du vrai – par exemple le royaume qui n'est pas de ce monde (de ce monde où il faut se laver les mains) auquel fait appel Jésus devant le gouverneur de la cité de Jérusalem –, un abîme. L'abîme qui s'ouvre entre la nature et la culture. L'abîme de l'âge d'or. Derrière la porte de l'Éden la nudité adamique en se penchant déjà pour fuir découvre les abysses du monde sublimement sensoriel des sens de jadis. Le monde immense du rêve animal. Le pays de Torelore dans *Aucassin.* Les notes de chevet de Sei Shônagon. Les outopia de Thomas More. Les jeux de cartes de Rousseau. Les listes des Privilèges de Stendhal. C'est alors un excès mécanique de la langue elle-même qui mime jusqu'à la caricature le fonctionnement du medium lui-même où elle s'anéantit –, afin qu'elle s'y anéantisse. C'est exactement ce que les hommes de la fin du Moyen Âge, à l'image de ces « pavements non balayés » de la fin de l'Antiquité, choisirent d'appeler des « fatras ».

*

Langage qui joue au langage au fond du langage. C. D. Buck, pour les langues indo-européennes, a fait remarquer qu'on ne trouve aucun verbe primaire signifiant « dire la vérité » alors qu'il existe une kyrielle de verbes décrivant le procès de la falsification, de la crypte, de la taciturnité volontaire et du mensonge délibéré. Le latin assemble avec tant de force mens et mentiri comme si l'activité symbolique de l'esprit était contraire à la vérité : comme si elle était inépuisablement avide de s'émanciper de l'emprise du réel. Le mentir est un surgissement primaire. Alors la négation est au cœur de chaque langue comme son premier mot. L'esprit est ce qui ment. En latin c'est le mot de Varron : Mens mentiri. En allemand c'est le mot de Freud : Das Denken is doch nichts anderes als der Ersatz des halluzinatorischen Wunsches. La pensée est pure hallucination. Dans les romans de l'époque pharaonique que Gustave Lefebvre a traduits de l'ancien égyptien se trouve une magnifique innovation littéraire que les philologues ont convenu d'appeler la « prophétie égyptienne » : les modes passés du langage sont retournés par l'usage du futur. Le plus bel exemple de ce procédé est dû à Lycophron dans sa *Cassandre*. J'ai traduit cette prophétie antidatée à la demande de Paul Celan durant toute l'année 1969. Virgile la reprit des mains de Lycophron d'Alexandrie à Rome et en fit l'*Énéide*. Dans le *Roman de Néferrohou* c'est le roi Snéfrou qui exige lui-même que les événements qui ont eu lieu soient exposés dramatiquement comme s'ils allaient survenir. Le manuscrit 1116 B de Leningrad est lui-même une copie de copie, qui date de la première moitié du XVe siècle avant Jésus-Christ. Ce récit est un des plus beaux qui soient : « Un homme restera assis dans son coin n'ayant de pensée que pour lui-même pendant qu'un individu sera en train d'en tuer un autre. Une famille est un cimetière. Chaque bouche est pleine de Aime-moi. »

*

Dans ses lettres adressées aux grands écrivains du passé, Pétrarque invente la tradition du « dialogue au-delà des siècles ». Cette adresse qui ne connaît plus le temps culmine avec Machiavel, avec La Boétie, avec Montaigne, avec Rousseau, avec Hofmannsthal.

*

Le procédé de la confession négative est une autre innovation littéraire égyptienne qui consiste dans le recensement des actes que le sujet n'a pas commis. Cette liste fantôme approfondit négativement l'énigme de chaque psychè. Elle rêve l'interdit, l'inhibé, le refoulé qui ont échappé à la réalisation. Il s'agit d'une prodigieuse exploration de soi (de l'univers social importé à l'intérieur de soi par la langue parlée), dont l'effet est tout à fait saisissant, où tout ce qui est prononcé est faux, où rien de sa vie n'est livré, en sorte qu'aucun esprit ne peut en menacer les actes tus qui n'apparaissent alors qu'en négatif, comme les mains des premiers hommes sur les parois des premières cavernes. En 1977, avec Roger Caillois, nous nous amusâmes, six mois durant, tous les mardis en fin d'après-midi, à faire des concours de confessions négatives en buvant de l'alcool – qu'il apportait dans un flacon – et à manger des visitandines – que Dominique Aury avait confectionnées dans sa petite maison de Malakoff et qu'elle apportait dans un corbeillon en osier dans l'ancien bureau de Gaston Gallimard.

Ou nous nous rendions dans son appartement *pétrifié* qui m'emplissait de terreur.

Nous nous asseyions dans le canapé vert, sous le miroir de Talleyrand.

Énigme parce que je ne m'explique pas pourquoi ce genre littéraire superstitieux et délicieux est tombé en désuétude depuis des millénaires.

Cette enquête est très différente de la confession chrétienne ou encore de l'association libre des contenus de pensée par laquelle débute l'analyse. Son maniement n'est pas moins difficile mais son champ est infini parce qu'il est totalement irréel : « Je n'ai pas mangé de pierres de lune. Je n'ai pas couché avec le crocodile. Je n'ai pas abattu un cèdre du Liban… »

Il faut subsumer aussi sous la rubrique des énigmes provocantes les revendications impossibles qui sont autant de motifs de conflits, ou qui ont été de prétextes à guerre. Ce procédé est lui aussi extrêmement ancien et se retrouve dans de nombreux mythes. Le mot mensonge ne le définit pas. Il s'agit là aussi d'une extraordinaire circumnavigation, d'un immense périple autour du monde connu à partir des possibilités que les langues naturelles offrent à l'âme. Par exemple dans la *Querelle d'Apopi et de Séqénenrê* le pharaon fait tout à coup porter un message dans lequel il se plaint que les hippopotames qui se baignent dans un étang situé aux environs de Thèbes l'empêchent de dormir à Avaris, sa capitale, qui est située au nord-ouest du delta. Ici le langage, dans ses capacités de décontextualisation et de juxtaposition inassujetties, suscite chez l'auditeur un rire étrange, à la fois irrésistible et inquiet à la source d'une guerre à mort. La dépêche d'Ems télégraphiée par Abeken et soigneusement tronquée par Bismarck le 13 juillet 1870 constitue une mystification du même type.

*

Le mot fiction a un sens extrêmement précis dans le monde latin. Fingere c'est modeler de l'argile. C'est la tâche des dieux qui sont à la source des êtres. Dans la préhistoire ce sont les bisons qui sont couchés par terre, l'un n'est même pas terminé, quand on entre dans la grotte du Tuc d'Audoubert, juste dans le vestibule de la grotte. Ces deux petits bisons d'argile – pas plus gros que des chatons – sont bouleversants de simplicité. Ils sont prêts à être fixés sur des épieux et, à l'aide de torches, à projeter leur ombre chinoise sur la paroi où le peintre tient son charbon de bois, ou encore où le peintre, bouche fermée, souffle son manganèse et meurt en peignant dans l'intoxication qu'il lui doit. Il y a quelque chose de spontané, d'indifférencié, d'originaire dans le faux. Le portrait de Christophe Colomb ou celui de Michel de Montaigne n'apparaissent que des années et des dizaines d'années après leur mort.

De même que nous croyons de bonne foi connaître les traits d'Homère aveugle, ses yeux morts grands ouverts, ses joues couvertes de barbe blanche, qui émerge du clair-obscur d'une toile superbe d'Amsterdam.

Du moins nous ne pouvons nous empêcher de croire à leur visage.

Le faux, rien ne le falsifie dans son essence et rien, dans la réalité externe, atmosphérique, ne peut venir le démentir.

La fiction, d'une même façon, propose alors son étrange définition : c'est ce qui ne peut être démenti.

La vérité ou la fiction, opposées toutes deux l'une à l'autre, sont des constructions qui s'opposent l'une comme l'autre au réel. Il y a même au sein du fingere, du mentiri, par le jeu spéculatif des racines et des contiguïtés morphologiques, quelque chose de temporellement destructeur à l'égard de la peu perspicace opposition entre récit de conscience et réalité organique. C'est le poids de la langue parlée sur la chair qui la fait sienne et qui l'adresse dans la vie atmosphérique. Les causes de l'un sont les effets de l'autre. Il n'y a qu'une maladie de l'âme : c'est la colonisation du langage. Les langues parlées à l'état naturel sont des grandes orgues sonores qui tressent ou détressent les corps qui les ont faites leurs. Leur ingestion les a dévorés.

*

« Deux chasseurs partirent à la chasse avec leurs chiens qu'ils ne menèrent pas. Ils arrivèrent dans une grande forêt où il n'y avait pas une bûche sur place. Tout à coup bondit un lièvre et nous ne le vîmes pas. "Pan ! Pan !" Nous le tuâmes. "Hélas ! Que faut-il faire ?", dit l'un d'entre nous. "Il s'agit simplement de faire hélas !" lui répondit l'un d'entre nous qui n'était pas à avec nous et alors, disant hélas !, nous vîmes un grand château où il n'y avait pas une pierre l'une sur l'autre. "Pan ! Pan !" Nous frappâmes à la porte. "Ouvrez, vous qui n'y êtes pas !" Vint à nous un grand barbu dont les joues ne portaient pas un poil. "Que voulez-vous ?" dit-il. "Nous voulons faire cuire ce lièvre que nous n'avons pas." "Entrez donc. J'ai là-bas une marmite qui n'a pas de fond et qui ne possède pas de poignées. Il n'importe. Les morceaux tomberont mais le jus restera." »

Tel est l'admirable « conte de menterie » noté par Guy Mathieu dans le pays d'Apt.

Ce thème est universel.

Les deux frères Vrai et Faux jouent entre eux à l'aide de forfanteries de plus en plus incroyables dans le folklore de Lorraine, dans un recueil sanskrit des Taïnas, dans un ouvrage juif du Moyen Âge européen rédigé à Barcelone. Il se trouve que c'est Gustave Lefebvre qui en a donné la traduction la plus saisissante. L'un des frères évoque un « bœuf qui, s'il se dressait dans Païounamoun, la touffe de sa queue reposerait dans la région où croît le papyrus, alors que l'une de ses cornes serait sur la montagne de l'ouest, l'autre sur la montagne de l'est, le bras principal du Nil étant sa niche de repos. » À quoi le frère rétorque en prenant argument d'un « couteau qui a comme lame la montagne d'Ial, comme manche la forêt de Coptos, comme gaine la tombe du dieu, comme ceinture les troupeaux de Kal ». L'un d'eux tout à coup, dans cet ancien texte égyptien, au détour d'une phrase, convient du caractère exploratoire de cette joute (Jusqu'où le langage qui domine l'âme des hommes peut-il aller ?) et de l'enquête qu'elle met en œuvre dans le même temps sur la nature de la négation : « Soit, accorde Faux, mais si mon bœuf n'existe pas, le couteau qui le découpait non plus n'a jamais pu exister. » La négation, à l'instar du zéro dans le calcul, est comme une sorte de museau qui fouit au travers du pays – de l'Égypte. Le réel est l'Égypte quant à cet exode devenu infini. Elle permet, par accumulation, de construire de très longs scénarios autodestructeurs, aussi ritualisés et sidérants que les théologies négatives des platoniciens ou les grands livres saints des bouddhistes.

*

Je songe aux œuvres de Gorgias pour la Grèce ancienne, à celles de Kong-souen Long pour la Chine du IIIe siècle avant Jésus-Christ, à celles de Nagarjuna pour l'Inde. De Denys l'Aréopagite à l'aube de l'ère chrétienne. De Maître Eckhart excommunié, réfugié derrière les remparts de la cité de Cologne sur la rive du Rhin.

*

« Celui qui le fabrique n'en a pas besoin. Celui qui l'achète n'en veut pas. Celui qui l'utilise l'ignore. » Celui qui pose la devinette lève son regard et demande au devineur : « Qu'est-ce que c'est ? » L'interlocuteur à qui la devinette est posée répond au questionneur : « C'est le cercueil où je reposerai mon corps. »

Et il pleure.

Si l'on pouvait s'arracher un instant à l'émotion dont l'instant est toujours empreint, c'est devant les cadavres, en effet, qu'on se poserait la question du vrai et du faux.

Ma mère morte est-elle ma mère en vrai ? L'image de ma grand-mère tout arquée sur son lit avec sa bouche grande ouverte, immense, qu'on ne peut plus refermer, est-elle vraie ? Et sa mort lente et solitaire, sur le parquet du couloir aux murs couverts de livres – à laquelle bien sûr je n'ai pas assisté – revenant si souvent dans mes rêves, visible, figurative, cette scène est-elle véritable ?

Où était mon père dans le cadavre de mon père et sa pâleur poudrée ?

*

C'est de l'anthropomorphisme de dire que l'herbe est verte.

Quelle est, de façon non relative, la couleur de l'herbe dans l'univers ?

Le ciel est-il bleu ?

Que voyons-nous dans un miroir, avant que nous songions que ce visage qui semble s'y réfléchir, en vérité s'y renverse ? Que ces gestes répliquent étrangement à ceux que nous faisons et non pas s'y relaient ? Avant que nous puissions même très mégalomaniaquement conclure de ce qui est regardé à ce qui voit et nous identifier à une répercussion énantiodrome sans plus d'épaisseur que le souvenir d'un mort qui nous entoure encore de son nom ? Et quelle espérance harcèle-t-elle le désir d'un homme dans l'amour qu'il projette comme un fou au fond de l'âme de l'autre, où il ne séjournera jamais ?

Renart voit sa femme dans son propre reflet au fond du puits.

Iseut voit le reflet de son mari caché dans l'arbre et préfère mettre une « épée » à la place de son amant sur l'herbe où elle s'est étendue.

Qui n'est pas fou au fond de lui-même face à l'instance de langage qui enfle dans le corps son réson ?

Nous savons ce que les hommes de l'origine voyaient dans l'ombre des parois – et que les charbons de leurs flambeaux complétaient spontanément en avançant dans la nuit. C'étaient rarement des hommes. Car nous ne sommes jamais complètement des hommes.

À vrai dire leurs mains signaient des ombres de fauves. Assertaient des désirs, ou des peurs, ou des faims, ou des ersatz. Ils avaient déjà un doute d'être.

Si nous savions vraiment observer nos traits dans des miroirs (mais nous ne verrons par conséquent jamais, tout au long de notre vie, que les faces qui ne sont pas celles que nous offrons, que des apparences inversées), si au moins nous savions vraiment scruter une à une ces chairs et ces ricochets sans fin sur l'étang du temps, en analyser les sources généalogiques et phylogénétiques, en extirper les fantasmes, en dissoudre les illusions, les fables et les espoirs – si nous savions vraiment voir – nous ne verrions rien qu'un museau très ancien, indicible, indiciblement en alerte.

Un museau écrasé plus proche de celui d'un félin – si on suit l'histoire de la figuration humaine dans la peinture – que de celui d'un chimpanzé ou d'un gorille alors que notre espèce passe pour simiomorphe.

Là encore le désir, l'admiration, la falsification, l'espérance, l'irréel ont doublé le réel.

Que veut dire ressembler si l'image est d'abord dans le rêve ? Si elle apparaît avant même la naissance ?

Qui connaît le visage du premier porteur de son patronyme ?

*

Nie K'iue demanda à Wang Yi :

— Connaissez-vous une vérité unanimement admise par tous les êtres ?

— Comment pourrais-je la connaître ? répondit Wang Yi.

— Connaissez-vous que vous ne la connaissez pas ? demanda Nie K'iue.

— Comment le pourrais-je ? répondit-il.

— Alors les êtres ne connaissent rien ? demanda Nie K'iue.

— Comment le saurais-je ? reprit Wang Yi.

CHAPITRE XXIII

Gloria

Jadis les hommes marchaient en dépliant leurs jambes et en posant progressivement la plante de leurs pieds auprès de leurs mains errantes sur le sol. Ils regardaient le monde entre leurs doigts et les ombres projetées de leurs doigts sur l'avoine et les rognons de silex et la surface des eaux et la paroi des glaces. Ils soufflaient avec leur bouche en desserrant leurs dents. Ils pleuraient avec leurs yeux égarés. Il n'y avait pas de sentier dans les forêts. Il n'y avait pas de pont sur les rivières. Les vivants vivaient, côte à côte, et ils étaient ignorants de tout et apprenant tout dans le mouvement de chaque seconde. Ils avaient faim de ce qu'ils voyaient. Ils avaient des songes la nuit. Ils voyaient des images quand ils se penchaient sur les bords des rives et ils peinaient à reconnaître les faces qu'elles pouvaient être et même la ressemblance qui pouvait y tressaillir. Ils voyaient des silhouettes d'animaux quand ils levaient leurs yeux vers les calcites escarpées et obscures des grottes faiblement éclairées sous les flammèches de leurs flambeaux de pin. Ils les découvraient encore quand ils renversaient leurs faces vers les constellations du ciel. Ils ne connaissaient pas le propre, ni le vrai, ni le bien.

Sur quoi, survinrent des êtres qui ajoutèrent à leurs souffles des plaintes ; ils divisèrent ces sons et en firent des noms. Ils parlèrent, s'entretinrent, commandèrent. Ils dirent : « Quand je parle, je suis je. Quand tu m'écoutes, tu es tu. Et toi, quand tu me parles, tu es je, et moi, quand je t'écoute, je suis tu. » Ils dirent : « Ceux dont nous sortons sont les mères. Ceux qui nous accueillent dans le groupe et le langage sont les pères. Nous prenons soin des morts quand le souffle les quitte. Nous pratiquons la bonté. Nous édictons le juste. Nous établissons le vrai. » Ainsi dissocièrent-ils les mœurs sous forme d'ordres et d'interdits et ce fut de la sorte que la discorde apparut sous le ciel. Ils torturèrent les arbres pour faire des coupes sacrificielles. Ils torturèrent les pierres pour faire des pointes aiguës d'épieu et sculpter des longues lames polies de couteau. Alors ils jetèrent hors de leur monde les délivres des petits, les cadavres des morts, les choses sales, les parties honteuses, les propos à l'état libre qu'ils nommèrent mensonges, les unions les plus intimes possible qu'ils nommèrent incestes, les prédations les plus enivrantes possible qu'ils nommèrent crimes. C'est pourquoi il nous faut ne marquer aucun respect devant les êtres qui pratiquent le bien. Ils ne sont pas comme les hommes qui vivaient autrefois. Ils sont saints et terrifiants, croyants et monstrueux, bons et agressifs, vrais et stratégiques, propres et dégouttant de sang. Ils savent admirablement jouer des manches et deviser et diviser et dominer et régner. Nous leur devons la hiérarchie, la tyrannie, la guerre, les parures, la monnaie, les robes, les instruments de torture, les temples, les palais, les prisons. Grâce à eux la puanteur règne dans l'univers et, à force de nettoyer tout ce qui est repoussant, ils forment d'énormes poubelles et excavent d'immenses enfers. À l'aide de leurs armes ils extirpent tout ce qu'ils détestent. Ils déportent des nations entières sur le prétexte de leur propre pureté. Ils ont exterminé toutes les bêtes fauves de la nature, les fleurs les plus rares, les poissons les plus anciens, les insectes les plus ténus, ils règnent sur tous les règnes. Ils font des choses miraculeuses en employant le langage et en pratiquant les envoûtements. C'est ainsi que les hommes qui sont saints se sont substitués aux hommes des montagnes et que nous nous bouchons le nez et que nous étouffons.

*

Un jour Wang Yi prit la parole et il répondit aux hommes saints :

— Hommes saints, je vous admire extraordinairement. Vous percez les âmes et vous savez déchiffrer le secret de l'univers. Vous êtes plus grands que l'univers. Vous dites : Cela est bien, et c'est bien. Vous dites : Cela est vrai, et c'est vrai. Vous connaissez quantité de choses que j'ignore. Par exemple : Cela est vertueux. Cela est malfaisant. Cela est affreux. Cela est impie. Vous avez l'apparence des dieux dans les temples que vous avez édifiés, vous avez l'apparence des mères de famille dans les gynécées que vous avez enclos. Vous avez l'apparence des médecins lors de la dénomination des maladies qui conduisent aux chambres mortuaires que vous avez instituées et bâties avec des pierres au sommet des collines et sur le bord des mers. Vous avez l'apparence des chefs de cohorte dans les camps militaires que vous avez disséminés sur tout l'espace connu. Maintenant vous prétendez être à l'origine de l'accroissement des montagnes et de l'écoulement des fleuves. Vous placez d'extraordinaires centrales le long des océans. Les rayons du soleil sont dans votre main et vous lancez les éclairs. Moi, je ne gouverne pas l'univers et même, j'éprouve de l'humiliation à le dire devant vous, je ne me gouverne pas moi-même. Moi je ne sonde pas le fond des âmes et je ne connais pas le fond de mon esprit. Moi je suis beaucoup plus petit que l'univers. Je ne crois même pas que la ligne de l'horizon que je vois au loin soit réelle. Je ne sais même plus quel pouvait être le monde que j'ai perdu avant que je parle ni ce que peut bien être l'immense chevelure de l'univers où la terre se déplace. La nuit, je ne vois même pas où ses tresses, où ses cheveux qui brillent s'interrompent dans le ciel.

*

Abba Achille ne voulait pas prononcer un certain mot. Le mot se transforma dans sa bouche en un peu de sang qu'il lui fallut cracher (*Apopht. Ach.* IV, 125).

Un jour de 1997, dans l'hiver, je me retrouvais sur un lit d'hôpital avec ce mot perdu.

*

Un jour saint Julien passa devant un homme qui simulait la mort, étendu sur son chariot. Jacques de Voragine raconte que saint Julien se pencha alors sans même s'arrêter et lui murmura à l'oreille : « Qu'il en soit selon la vérité de votre dire » et ce fut ainsi que celui qui simulait la mort mourut.

Au faux valétudinaire, au cadavre feint de Renart le Goupil, au mutisme bouleversant et à l'anorexie des petits enfants qui croient ne pas devoir glisser ne serait-ce que le petit doigt dans les quo libet et les qui pro quo du langage humain, estimant qu'ils se préserveront mieux de la souffrance et de l'indifférence dans l'abstention, dans l'immobilité, dans la contemplation, dans le vide, on peut opposer une sorte d'hystérie exactement contraire.

Cette hystérie, les Anciens la nommaient la gloire.

J'évoque le halo social, légendaire, unaire, postsolaire, léonin, fallacieux, resplendissant, extérieur, dont le succès entoure les actions dont on n'attendait pas qu'elles excitent l'admiration des autres membres du groupe. La vie collective, comme la vie nocturne, est hallucinée. Il y a un éclairage raccordé aux luminaires naturels, une transmutation des métaux extraits de la terre, une précipitation collective, guerrière, religieuse, qui modifient du tout au tout la perception du vicieux ou du sale et en contrebalancent de façon favorable les destins. Une croix de supplicié devient belle quand le bois de pin se fait argent et que le corps écharné et supplicié se transforme en ivoire. La gloire a été profondément méditée par les peintres antiques qui ont mis un bandeau sur les yeux du dieu de l'arc et du désir. Démosthène affirmait que le succès couvre merveilleusement toutes les fautes de l'ombre rougeoyante et dorée – c'est-à-dire vaguement sanglante et vaguement solaire – qu'il porte devant lui. Salluste disait que le succès était le seul manteau sûr qu'il connût pour les vices. Sénèque le Père préférait l'image de Salluste pour la force et pour le ramassement plus viril – plus romain, plus cynégétique – qu'elle présentait. Tite-Live préférait l'image de Démosthène parce qu'elle lui paraissait plus profonde. Il me semble aussi que la métaphore qu'employa Démosthène est la plus étonnante parce qu'elle laisse finalement supposer que la lumière elle-même est une sorte d'ombre. Traduite en termes modernes, la comparaison devient brutale : Faire porter le projecteur sur quelqu'un, c'est l'entourer d'une sorte de nuit épaisse, protectrice, impénétrable. Giordano Bruno, dans les années 1580, alors qu'il se trouvait à Londres, à Charing Cross, se souvint peut-être de la phrase de Démosthène. Il écrivit que la lumière qui rayonnait dans le monde était l'ombre que faisait Dieu.

CHAPITRE XXIV

Cûdapanthaka

Le réel, l'encéphalogramme plat, la mort : alors nous sommes noyés dans ce qui est.

Le fond absorbant de la méditation est la désexcitation sexuelle totale, la détente de la corde de l'arc, c'est-à-dire le taedium vitae, c'est-à-dire la porte de la mort.

Lorsque le corps s'échange à ce qu'il est, ayant à jamais franchi les portes du rêve, au-delà de l'extrémité du sommeil, le souffle ne le traverse plus ni ne remonte à ses lèvres, le sang ne pousse plus à son poignée son flot, il est mort. Puis il se décompose en ses éléments ; il « tombe sous la table » ; il rejoint les purgamenta cenae de Sôsos de Pergame.

Cet ultime son d'une corde qu'on dénoue rencontre le silence.

Il y a un refrain très simple et très beau dans une chanson que composa Malherbe qui dit avec beaucoup de vigueur et de brusquerie ce que je cherche à définir ici – et au fantôme de quoi il faut fournir sans fin à force d'offrandes alimentaires, de trésors monétaires, de gloire et de défi, de colliers et de brassards, de broches, d'agrafes, de parures, de perles, de dents, de larmes.

« Qui me croit absent, il a tort :

Je ne le suis point, je suis mort. »

Je me souviens qu'André du Bouchet offrit – dans un état enfantin d'enchantement – ces deux vers à Paul Celan, dans son petit appartement rue des Grands-Augustins, quand il les découvrit. Francis Ponge venait de faire paraître son livre sur Malherbe. J'assistai à ce don enchanté avant que Paul Celan se jette dans le fleuve.

Les larmes constituent ces libations naturelles que le corps verse sur les vides, sur les abandons, sur les sauts, sur les plongées, sur les ruines, sur les absences, sur les détresses que la langue parlée ne sait pas dire.

Une narration « dotée de sens », voilà ce qui cherche à s'opposer à l'absence du souffle tiède d'un vivant. Une biographie. Mais la vie n'est pas une biographie. Mais être mort, c'est *cesser* de ternir le miroir. Tel était le geste que les Anciens faisaient pour s'assurer du décès de leurs familiers. On allait quérir un petit miroir de bronze qu'on approchait des lèvres des êtres immobiles.

Le défaut de buée ou, si l'on prêfère, le reflet sans défaut, le contact sans écran de réel à réel, témoignait de la perte de la vie.

Ce petit miroir fait en bronze, frotté de laine, tout brillant, ce reflet pur c'est-à-dire vide, net de vapeur ou bien de brume lointaine ou bien de silhouette indécise sur la surface métallique et polie permettaient d'éloigner définitivement le mort dans son nom.

Alors ils l'appelaient trois fois.

Les hommes de l'Antiquité criaient très fort trois fois le nom du mort dans la chambre silencieuse où son corps avait été allongé. C'était comme une dernière danse où se soulevaient trois fois les ailes des grands oiseaux dévoreurs des chairs et porteurs des âmes dans l'ombre de l'Éther. C'étaient comme trois très lents et très grands coups de rame sur le fleuve mort qui traverse l'Érèbe. Baptême inversé comme l'était ce repas des pavements qui ne faisait rien pénétrer de solide à l'intérieur des lèvres. Dans une triste et triple clameur ils donnaient trois fois son nom à cet être pour qui ni le souffle ni le langage ni le faux ni le désir ni la faim ne faisaient plus écran à sa propre vision.

*

Aladin possédait une lampe qui suscitait à volonté toutes les richesses de ce monde. Le prince Hussein possédait un tapis qui transportait où l'on souhaitait être à la condition qu'on se recueillît en soi-même (je note que le prince Hussein possédait presque un livre). Le prince Ahmed possédait une pomme qui guérissait de tous les maux pour peu qu'on la portât à son nez et qu'on la flairât. Le prince Ali possédait un petit tuyau fait en défense d'éléphant qui permettait de voir à distance. Sôsos possédait un non-balai qui permettait l'art.

*

Les moines bouddhistes de l'Inde ancienne racontaient cette légende qui courait sur Cûdapanthaka. Cûdapanthaka à l'âge de quarante-cinq ans avait atteint un tel état de perfection qu'il avait oublié son nom de génération. À cinquante-cinq ans il avait atteint un tel état de pureté que les frères lui mirent un balai entre les mains. À soixante-cinq ans Cûdapanthaka avait atteint un tel état de sainteté qu'il avait oublié le mot « balai ». Le jour anniversaire de ses soixante-quinze ans le moine Cûdapanthaka se souvint subitement du mot « balai » mais, comme les frères l'interrogeaient, ils découvrirent qu'il avait oublié le sens du verbe « balayer ». À quatre-vingts ans, quand il se souvint du sens du verbe « balayer », il y consacra tout son temps mais le mot « balai » s'enfuit de sa mémoire et tout à coup sa bouche fut quitte du langage. À quatre-vingt-cinq ans Cûdapanthaka était devenu si bienheureux qu'il ne se souvenait de rien. Mais alors il se trouva que ses mains étaient prises d'une sorte de petit tremblotement qui ne cessait pas. Aussi, en balayant la cour du temple, levait-il plus de poussière qu'il n'en ôtait et les frères se plaignaient.

CHAPITRE XXV

Litteratura

Ce pourrait bien être la seule façon de nous acquitter du don qui nous fut fait de la langue parlée par le groupe à la fin de notre enfance que de pénétrer dans l'ombre qu'elle porte. Car ce que le langage dénomme avec emphase comme le silence n'est que son absence, et le dialogue perdu, et son affrontement renoncé. L'ombre que porte la langue parlée est la littérature. Alors la langue parlée s'efface vraiment dans l'air. Les mâchoires restent vraiment immobiles. Les dents ne se desserrent plus. L'interlocuteur est devenu absent. Le son est résorbé. L'oreille est inutile. La réticence, le refus de parler, le silence de la langue maternelle, le silence de la langue morte, le silence propre à la langue écrite assemblent une même substance négative. Alors je conçus la lecture silencieuse comme la musique extrême.

CHAPITRE XXVI

Les monochromes blancs de la neige

Quand le Magnifique mourut, Michel-Ange quitta le palais ducal.

Le 24 janvier 1492, il neigea.

Pietro envoya chercher dans la ville le peintre qui était à travailler dans son atelier.

Le peintre enveloppé de son manteau, la cape relevée sur sa tête et au-dessus de ses yeux, à cheval, arrive dans la bourrasque et les vagues de neige. Ses sourcils sont couverts de flocons. Il est d'une humeur détestable. Il demande au duc pourquoi il l'a dérangé dans son travail alors qu'il y était heureux. Pourquoi l'avoir fait venir un jour pareil ? Pourquoi avoir imposé aux sabots de son cheval un sol si périlleux et si glissant ? Pourquoi l'avoir fait chevaucher sous un ciel si chargé, si fluent, si noir ?

Pietro lui répond :

— Sculpte une statue de neige.

Michel-Ange s'exécute, s'agenouille, amasse entre ses bras la neige silencieuse, la dresse de ses mains, travaille toute la journée. Puis y consacre toute la nuit. Il appelle le duc à l'aurore. C'est sa plus belle œuvre. Ils la regardent tous deux s'anéantir dans le soleil de l'aube qui monte.

*

Nirvana, disait Freud.

Aphanisis, disait Jones.

C'est ce que la langue appelle le blanc.

— Je ne sais plus quoi dire. Pardonnez-moi : J'ai un blanc.

*

La « main de gloire » désigne la tache du sperme tombé au pied d'un homme pendu.

CHAPITRE XXVII

Le diable du printemps

La cruauté de certaines images ouvre en nous un *intervalle d'effroi.*

Le *contact* de certaines images dans leurs formes – dans leur simple morphogenèse – nous *déchire* en morceaux comme une feuille de papier.

Comme un effacement de page noire où la fresque a été reproduite et dont on ne supporte plus la vision.

François de Coninck faisait des effacements de la scène d'origine afin qu'elle « apparaisse sans qu'elle se manifeste ».

On ne sait de la silhouette qu'on entraperçoit si malaisément ce qui réjouit, ce qui prend peur, ce qui relève du désir qui s'impatiente, ou du cauchemar qui revient, ou de la phobie qui s'y poursuit, ou de la honte qui emplit la gorge et vient la resserrer, qui prime.

On ne sait pas bien ce qu'on voit mais « voir » alors traumatise comme un « lire » plus ancien.

Comme peut faire un rêve qui se mêle à l'éveil et à l'aube tendant le corps, arquant douloureusement le sexe sur le ventre.

Terrible « harmonia ».

De même que les cordes s'ébranlent à distance l'une l'autre, de même la scène à laquelle nous participons se retrouvait déjà dans notre regard pour nous y méduser jusqu'à l'immobilité. Jusqu'à la non-motricité de la victime que nous sommes en train de devenir au sein de la scène précédente elle-même qui s'apprête à nous faire. Le désir ignore le temps comme les images dans les rêves. Nous devenons sans le savoir la posture corporelle que nous ignorerons toujours mais qui anticipa la perception.

C'est ainsi qu'atteints d'un désir encore inconsistant, quand le printemps revient, ses senteurs extraordinaires, ses petits cris, ses clartés, ses dévêtements, ses étoffes plus fines et plus mobiles, ses appétits ou plutôt ses famines retrouvées et ses joies, sa légèreté, ses allégresses, nous nous approchons de la bibliothèque et nous mettons à entrouvrir les livres indécents qui contiennent à leur tour les images que nous allons devenir. Le symptôme définit ce qui chute soudain dans sa forme. La cruauté, tel est le symptôme de l'humanité. La fascination est son aire. L'art y prit sa source comme *l'un des pièges possibles* dans le monde des formes innombrables qui sont autant de leurres dans l'histoire de la nature végétale et animale où la dévoration s'alimente sans fin et où la prédation règne en maître absolu, totalement tyrannique, après avoir été la plus grande des déesses. On peut affirmer qu'au cours de la fascination l'altération spatiale prend de court le temps. Elle commence *avant* l'altération physiologique (qui est le démembrement matériel de la forme vivante dans la manducation résolue, puis de la forme dévorée dans la digestion, puis de la forme informe dans l'excrétion). Le brochet avale en deux temps trois mouvements. Le boa avale en deux temps trois mouvements. La molécule 2 + 1 séjourne au sein de la locution la plus rapide qui soit comme un Œdipe immémorial.

Deux temps, trois mouvements.

Deux sexes, un enfant.

Les « bras » m'en tombent, la « bouche » s'ouvre.

Chaque métamorphose est précédée d'un temps mort et d'une *immobilité* qui sont la fascination elle-même (le médusage angoissé, la pétrification morphologique, la tension sexuelle, l'appel ou la prière peut-être dans le langage, l'abandon du corps sans doute, l'offrande de sa vie certainement).

Véritable *rythmique* où la musique se précède elle-même, où elle s'attend, entourée de ses larmes qui prennent alors de court la volonté psychique. Car les larmes espèrent leur sanglot. Tout est attente dans l'art comme dans la pensée. L'instant d'avant dans la peinture. L'attente du retour énigmatique dans la musique. Un intervalle mort, tic, tac. Intervalle mort, tic, tac. 2 + 1. Intervalle mort qui est une véritable *fiction* physique mais une indéniable *donnée* zoologique.

*

C'est ainsi que l'irrésistible poussée de l'excitation entraîne jusqu'à la destruction du motif qui l'excite. Beauté qui altère jusqu'à tuer. Il arrive que la mort conclue un mouvement que seul l'avalement invente. L'éruption volcanique soulève, crève la terre, et engloutit et la végétation et les formes minérales et déforme le site. L'irrésistible poussée du sperme enfle et lève le sexe masculin, entraîne la violence qui l'anime, la virulence qui s'y emporte et qui s'y exaspère. L'irrésistible poussée de l'angoisse offre le mouvement lui-même surexcité de la panique où elle projette le corps subitement en eau, en course, en fièvre, en échevèlement, en pleurs. De la pulsion, le printemps est l'accès en même temps que la figuration féerique. C'est le symptôme du Temps lui-même sur la terre, que le printemps. Le jour du printemps, l'heure du primum tempus, quand mars se retire, est le jour de l'Épiphanie par excellence. La vraie peinture « montre » comme le printemps montre –, montre absolument, manifeste, rêve, joue, hallucine, pousse, éclôt, présage, dans les surfaces à peu près planes des parois ou des pavements ou des toiles – de la même façon que le printemps dans les végétaux fait surgir l'invisible à la surface des glaces et des boues. Le « ça » maritime, sans dimension, sans essence, sans forme – sans ouïe en dépit de son vacarme assourdissant – progresse et rétrocède sur la grève. Le « ça » végétal s'érige, s'épaissit, se déploie, s'étoffe, s'élève sans vue. Le « ça » animal saute, nage, vole, fond, court. Le « cela » sexuel, dimorphique, s'allonge, se distend, s'étend, se dilate, afflue, se dresse. Il faut penser chaque mot négatif comme positif car inconscient, in-nommable, in-figurable, in-forme, in-humain, ils ne le sont qu'en ce qu'ils sont liés à cette poussée à l'amont de la langue parlée. C'est le langage négateur qui se nie en eux. Dans chaque rythme il n'y a qu'un premier temps qui ne cesse pas. Primum tempus du temps qui en fait le cœur. Le temps est une danse à plusieurs temps dont seul le premier compte. Tel est le prin-temps qui marque la durée. Ce n'est pas une route que nous suivons. C'est une déduction négative qui régresse, qui s'enroule comme une vague revient sur elle-même pour brusquement se reprojeter. Dès le premier hurlement qui nous donne le souffle, notre vie s'apparente à une falaise prise dans la tempête où tout s'achève dans l'éblouissement sans rival du premier instant solaire et vertigineux où on tombe à chaque renouvellement de marée. Nous plongeons dans le jour et l'air nous y brûle : c'est dire que nous hurlons déjà à la limite de la mort possible. Nos destins ne sont jamais des voyages. Ce sont les souvenirs qui sont des voyages. Nos vies ne sont pas des biographies. Ce sont les retours qui font les récits. Les jours sont des assauts. Des afflux irréguliers de lumière dont la durée est d'une taille brève, jamais à proprement parler éphémère (ep-hèmeron, selon-le-jour), jamais à proprement parler référente à la seule durée du jour, mais toujours mêlée de nuit, toujours infiltrée de rêves, toujours dégorgeant, abordant, pulsatile comme l'ensemble du jour l'est lui-même en sorte de laisser place au « premier temps » de l'aube : au pas du soleil dans l'aube. Les fleurs le tètent. La plupart des choses qui nous sont vitales se passent si loin désormais – si loin de la substance poussiéreuse, ancienne, émiettée, fragmentée, pulvérulente de la langue qui nous a été enseignée au terme de l'aparlance. Aussi les œuvres comme les étreintes se font-elles le plus intensément sans faire appel à elle : elles empruntent à un élan plus silencieux et plus végétal et – même – à une confiance plus grondante, plus animale que silencieuse, à une impressionnabilité moins symbolique, plus nostalgique, tellement plus sensorielle. Les hommes comme les phoques ou les tortues ou les requins remontent à l'occasion respirer à la surface de l'océan ou du langage. Ils y expirent, dans leurs pauvres voix, les choses carbonisées. Puis ils replongent. Le langage est le faux. Il est plus utile aux assassins survivants, aux hommes infidèles, aux chasseurs qui posent des pièges sous les pattes des bêtes détrônées, aux ordres des dieux qui découpent le monde afin de distribuer les parties décomposées de toutes les victimes qu'ils exigent, au mensonge du « narrateur » qui à force de parler s'impose au fond du corps comme si ce profond habitant du corps pouvait être lui-même. Cette subjectivité est fallacieuse. C'est un fantôme linguistique. Ce ridicule « héros » est indispensable à la société, comme il est inhérent aux mythes. Celui qui prend la parole croit qu'il est le maître absolu des codes auxquels il vient alors se soumettre comme s'il les édictait lui-même. Ce qui est vivant – à mille lieues de là – ne parle pas mais bondit, s'entrouvre, plane, plonge.

*

Fan Zhen a écrit à la fin du ve siècle à Jingling : « La naissance et la mort des hommes sont des métamorphoses stupéfiantes. L'embryon passe par beaucoup de formes jusqu'à l'enfant de sept années. Parfois les dents, les cheveux, les ongles poussent. Parfois ils tombent. Parfois les uns ou les autres repoussent et s'allongent. Le vieillard passe par beaucoup de formes jusqu'à la déformation des phalanges de ses mains et des rotules de ses genoux. Parfois les cheveux et les sourcils blanchissent. Parfois les dents se déchaussent et se mêlent à la nourriture. La peau se flétrit et s'enroule dans ses propres plis. Parfois elle se couvre de taches. Parfois les os apparaissent et pointent à la surface du derme. Parfois ils s'affaissent et se ratatinent. Parfois la pensée s'éteint. Parfois elle hésite. Parfois elle ressasse. Parfois elle s'oublie. Les cadavres de la femme et de l'homme passent encore par beaucoup de formes jusqu'à ce que leurs os brillent. La chair pourrit et disparaît en se décomposant dans la terre. Avant d'être complètement anéanti, ce qui reste du corps d'un homme est blanc comme le sperme à l'instant où le pénis fasciné de l'aïeul l'éjaculait dans le ventre où il allait se former dans une poche d'ombre transformant une goutte plus vaste en une petite source invisible et soudain palpitante. »

*

Blanc comme le lait que le nourrisson tète au bout du téton brunâtre de la mamelle de sa nourrice ou de sa mère.

Blanc comme le fond de l'œil grand ouvert qui guette, se focalise, et brusquement, en ciblant, tue.

Blanc comme la surface des dents, des incisives, que la faim (c'est-à-dire le retroussis du sourire qui écarte les lèvres quand une proie malheureuse tombe) met à nu et aiguise pour qu'elles cisaillent et déchirent.

Blanc comme les cheveux du crâne et la toison du pubis avant que l'arrière-saison les fasse tomber poil après poil comme les feuilles des arbres ou les pétales des fleurs sur le sol, dénudant tout à coup le fourreau du sexe, devenu morne, et les joues émaciées du visage, devenu os.

*

Le symptôme doit être médité comme ce mystère : une « ascension vers la chute ». La sexualité masculine fait l'épreuve sans cesse de cette singulière aventure : metamorphôsis de l'amorpheia en morphè rigide, dressée, puis forme redevenant informe, exsangue, flasque, comme morte.

*

Syn en grec veut dire « avec ». Ptôma en grec veut dire « chute ». Le symptôme est ce qui vient choir en compagnie de la chute. C'est le cœur du mouvement de naître –, qui n'est lui-même qu'une tombée du sexe dans le monde. Cette tombée magnifique comme une robe tombe, est le cœur de la danse. Cette déposition comme un dieu qui meurt et qu'on décloue, est le cœur sublime de la transe. Cette tombée absolue est l'achèvement de la fructification dans la saison des fruits – qui un à un s'effondrent dans le champ, dans les pissenlits, dans le trèfle, dans l'avoine. C'est une floraison accidentelle au sein de l'accident.

*

Comme la pluie tombe.

Comme l'automne tombe.

Ce qui choit avec le corps naissant, c'est aussi le délivre. L'arrière-faix du monde ancien.

Comme la neige qui s'étend sur le lieu en silence et accorde la couleur et la lumière solaire prodigieusement répercutée et l'étrange étouffement sonore de l'hiver.

Miraculeuse tombée.

L'étrange poche assourdie et blanche de l'hiver.

Son nom même vient de l'ouverture de la bouche en hiver. Ab hiatu hiems. En latin le mot hiver désigne ce morceau de brume qui se lève dans le froid sur la bouche vivante des hommes et des bêtes qui traversent la neige.

*

Syn en grec veut dire « avec ». Patheia en grec veut dire « souffrance ». La sympathie n'est pas sympathique. Ce n'est en aucun cas l'affection gâteuse sociale qui dissimule son pogrome sous le manteau de sa collecte. Ni la solidarité honteuse de tous au retour de la guerre devant le monument aux morts pour oublier qu'on a tellement désiré tuer en dansant sur toutes les places de village ou de bourg, en déployant ses drapeaux, en lançant ses pétards, ses fusées, en hurlant sa joie à gorge déployée, quatre ans plus tôt, en vociférant les chants patriotiques les plus absurdes. La véritable sympathie c'est le contact avec l'altérant. Translation à mort dans la sympatheia fascinatrice. On ne sait plus du fasciné ou du fascinant (sinon après coup) quelle forme (pour l'instant tous les deux étant immobilisés l'un devant l'autre dans un mélange de crainte et d'ardeur intense, ou encore d'agressivité suspendue, ou même de rêverie stupéfaite) est la plus ancêtre et va gagner sur l'autre. Pour l'instant (pour l'intervalle mort, pour le laps désirant ou mortel) la natura (qui n'est pas un être mais le naître lui-même) hésite comme l'âne de Buridan devant son picotin de blé, dans le seau de droite, côté cour (sanctuaire, assemblée), ou bien son picotin d'avoine, dans le seau de gauche, côté jardin (haute montagne, forêt sauvage). Tout bifurque mais vers où ? Il meurt.

Les syn-bola sont une forme rompue, dont les bords se correspondent, à partir de leur déchirure, à l'instant de la retrouvaille.

Ce sont exactement deux mâchoires, avant qu'elles se referment sur le mort.

L'inconnu ou l'imprévisible ou le réel s'ouvre : il se touche lui-même dans la déhiscence de chaque expérience neuve. C'est ainsi que c'est bien le verbe français « périr » qui erre dans l'ex-périence. Il s'extasie lui-même dans l'épreuve de sa métamorphose. Il s'ex-péri-mente. Il est possible que la symbolisation qui anime la langue soit la séquelle de la fascination phytique ancêtre à l'instant où elle déguste le péri.

*

Je bifurque moi-même. J'ose écrire : Le fond du sexuel n'est pas sexuel. L'instinct de contrectation corporelle a plus de force que l'instinct de détumescence génitale n'a de vigueur. Embrasser est plus profond que jouir. Le fouet est plus profond que la volupté. Battre c'est toucher extrêmement. C'est la caresse devenue plus profonde, qui entame, qui incise, comme une lame sur la peau, comme un calame dans l'argile, comme un stylus dans la cire. Souffrir c'est sentir plus fort. Ce qui vous « touche » est le « secret » véritable.

Le coït aventure *d'abord* un étrange toucher.

Un féerique toucher.

Le « touchant », le mot touchant, voilà une expression magique.

La fascination est touchante, avant d'être assimilatrice, avant d'être dévoratrice.

C'est pourquoi elle est si contagieuse.

Il y a un cramponnement au fond des mains plus antique que toute étreinte.

Ce que les anciens Romains appelaient une *propinquitas* précède le sexuel. Une *contrectatio* précède l'étreinte. Un *toucher* précède tout amour. Une *unificatio* le précède parce que l'*unio* originaire le hante. Il y a des amours où il s'agit de se serrer plutôt que de jouir. Il faut méditer la figuration qui hanta Hans Bellmer ou Pablo Picasso. Étreintes de grenouille qui sont incompréhensibles, tenaces et infinies. Examinez les pastels et les crayons de couleur érotiques de Picasso : toutes les étreintes sont des étreintes de grenouilles. Même celles des taureaux. Les chats qui se blottissent dans vos bras ou au milieu des jambes et qui tamponnent vos chevilles jusqu'à vous faire trébucher alors que vous vous proposez de les nourrir : toucher, toucher l'autre corps, voilà ce qu'ils quémandent. Non pas serrer pour étreindre. Étreindre pour tenir serré. Aimer pour être embrassé. Cogner pour être englouti. Dans ce « toucher profondément » il s'agit encore du premier monde : il s'agit d'être contenu. Aller jusqu'à l'emmêlement inextricable des liens, des fils, des cordes, tel est l'amour. C'est Agamemnon, dans son filet, qui meurt, sous la hache de Clytemnestre. C'est Arès dans les bras de Vénus. Allez jusqu'au nœud, rendez-vous jusqu'au cœur du lien, allez jusqu'au bout du *délivre* – plutôt que chercher la décharge à tout prix et en obtenir la désillusion.

*

Le frai de grenouille est une grappe dans l'eau.

Dans le petit film de sciences naturelles j'assiste à la fascination de la grenouille médusée par les yeux ronds de la couleuvre dont le regard ne la lâche pas.

La couleuvre ouvre sa bouche lentement, et soudain la grenouille – l'ancien têtard – bondit dans la bouche qui s'ouvre devant elle comme une mare plus ancienne : elle s'abîme dans le gouffre onctueux du désir de la couleuvre, bavante, déglutissante.

C'est le temps redevenant espace : se resynchronisant sur la date antérieure. C'est la phylogenèse s'autodéduisant, étape par étape, de nombreuses étapes millénaires. *Symbolisant* juste au stade d'avant.

Et c'est le temps régressant d'un bond jusqu'au jadis avant l'espace.

Ce bond qui meurt – plus rapide qu'un signe – définit le symptôme.

Boutès n'hésite pas un instant, il ne parle pas, il ne passe pas par le langage, il se lève, court sur le pont du navire en direction de la voix qu'il est en train d'entendre, il saute.

Il ne saute pas dans la voix : il saute dans la mer.

*

Man soll den Teufel nicht an die Wand malen. Il faut se garder de peindre le diable sur le mur.

Il ne faut pas tenter le diable veut dire : Il ne faut pas tenter le dia-bolique qui est derrière le symbolique où tout se décramponne.

*

Shakespeare dans *Macbeth* a écrit : L'œil de l'enfant est terrifié par le *Painted Devil* (le diable peint) car les morts qui les firent ne sont que des images dans le crâne des dormeurs. Car les nourrissons ne sont que les visages des morts dans le monde des vivants qui rêvent ceux qu'ils aimaient.

*

Nous n'avons pas à obéir à d'autre source que celle dont nous fûmes faits. C'est-à-dire que nous n'avons pas d'autre devoir que sans cesse ramener vivante la secousse de la conception. Nous n'avons pas à être nous-mêmes : nous devrions n'avoir à vivre chaque jour que le surgissement de la vie dans la vie. Comme le soleil n'a à accomplir dans le ciel que l'invention de l'aube chaque jour. Car pouvoir vivre, c'est revivre. C'est revivre cette *jonction* vivante elle-même. C'est toujours cette nuit-là. Ce transport-là de contenu à contenant. Une vraie caresse est un vrai contenir. C'est cette crise qui tremble sur elle-même dans son impatience, cette étreinte qui se renoue merveilleusement, mirifiquement, ce foyer vivant, ce feu en nous non subjectif, sans nom en nous, cette braise anonyme mais jetant son éclat au fond de n'importe quel nom, brûlant en nous comme en ceux qui nous firent, brûlant en tous, ayant brûlé en tous, secouant, créant, s'épanchant, où rien n'est encore, où ni le prénom ni l'onde de la langue parlée ni la loi qu'elle induit, ni rien de collectif, ni rien de religieux, ne sont capables de jeter un regard.

Ce feu qui bout au fond de la terre.

Le frisson et l'élancement douloureux, croissant, accroissant, de l'éjaculation sexuelle se retrouvent dans l'horripilation et l'érection soudaine du visage devant tant de beauté.

Même émotion incompréhensible, à contrecœur, à son corps défendant.

Même picotement sur tous les grains de l'épiderme.

Même grelottement de la voix sur les lèvres, même chatouillement de la chair des lèvres elles-mêmes sur elles-mêmes. Même hiatus des lèvres qui ne peuvent s'empêcher de s'entrouvrir et de laisser passer le souffle plutôt que le sens.

Même surprise bouleversante.

Ces deux mains qui se serrent sans fin cramponnent une fourrure qui n'est plus.

Même effroi et – pour ainsi dire – respect qui s'approche en se retenant de se faire proche de cela qui soudain n'est plus visible.

C'est dans ce sens que le but de l'œuvre ne peut être subjectif et que le projet de l'artiste ne peut être personnel. Il ranime un foyer qui est dans tous dans la mesure où il est dans chacun là où il fait le corps de chacun. Feu sexuel que les vierges vestales entretenaient auprès du Fascinus qu'elles tenaient enfermé à l'abri des regards au cœur du petit temple qu'on voit encore au bas de la prison de la Mamertine.

Ni collectif ni individuel ni biographique ni religieux ni culturel ni historique est le projet de l'art.

CHAPITRE XXVIII

L'enfant entêté

Jadir du jadis.

Une force a « sourd » en nous (a surgi avec nous) : elle a jadi, jadis, du jadis.

Et, tant que nous vivons, autant que nous vivons, cette « force » poursuit de sourdre, rejaillit, jadit en nous, monte avec nous dans l'*adolescere* de toute adolescence. Cette pulsion persévère sa poussée en nous ce pouls en nous ne cesse de battre sous le poignet, sous le sein. Cette force nous emplit de son mouvement prévivant, électrique, passionné, éruptif, continue de nous harceler dans l'*operari* de tout opus – de tous les opera que nous multiplions au cours des heures, des hôra, des saisons. Cette force encore indifférenciée que j'évoque est ce que désignait le mot alkè en grec ancien. Alkè, tel était le premier nom que portait Héraklès. Cette poussée « herculéenne » dans le corps adolescent est plus forte que toutes les forces que notre volonté serait capable de mobiliser contre elle. Cette force nous contraint parfois à agir, parfois à désirer, parfois à bondir, prendre, violer, tuer, manger, parfois à fuir à toutes jambes, parfois à somnoler, rêver, dormir, parfois à nous terrer et parfois même à mourir toutes affaires cessantes. Cette force entêtée est plus vaste que sexuelle. Indifférenciée, innommable, elle est antitemporelle. Elle cherche à revenir, à reproduire et elle parvient à faire revenir les mêmes figures comme les rouleaux des vagues sur l'estran, ou les ellipses des planètes dans le ciel. Quelque chose d'irrépressible fait notre destin dont il provoque les occasions les plus bouleversantes, les plus merveilleuses, les plus déchirantes aussi, transfigurant soudain les lieux puisque cette origine date d'avant la vie. Destin qui ne nous est pas dû. La singularité en nous ne nous est pas due. Les frères Grimm publièrent en 1819 un conte intitulé *L'Enfant entêté.*

Voici le conte noté par les deux frères – alors en uniforme – lors de l'occupation française de la Prusse.

Un enfant entêté ne faisait rien de ce que sa mère voulait. Dieu lui envoya une maladie. Il mourut. On l'enterra. À peine eut-on tassé la terre, son petit bras sortit brusquement de terre, tendu vers le ciel. Un homme s'accroupit, allongea le bras de l'enfant sous la terre, l'y maintint ; on remit sur lui de la terre neuve ; on la tassa de nouveau. Mais le bras ressortit. On mit des cailloux. Mais le bras ressortait toujours. On fit appel à la mère. La mère vint, constata et retourna chez elle. Elle prit la vieille baguette de jonc. Elle revint à la tombe et frappa de toutes ses forces avec la baguette le petit bras. Alors le bras se retira et l'enfant se reposa sous la terre.

Rien n'entête que la différence sexuelle.

Les signes où elle s'interroge précèdent les lettres écrites. C'est ainsi que, derrière tout ce qui est construit avec des lettres, la différence morphologique distingue, puis oppose, toujours obsède. La sexuation continue d'assaillir sous les deux articulations du langage. Les mythes, les contes, les légendes, les proverbes, les commandements, les missels, les listes confessionnelles, les codes, les livres d'histoire s'efforcent d'enterrer la nature sous le langage, de tasser l'animal sous l'humain. L'enfance – ce qui ne parle pas – consiste à apprendre à parler. Mais ce qui « se tient » avant tout ce qui parle continue de se taire au fond de celui qui parle.

Le bras de l'aparlant continue de se lever même après qu'il est mort.

L'en-têtement, chez les humains, nomme le rêve.

*

Comme Kong-souen Long, en Chine, à l'époque des Royaumes combattants, prétendait ne regarder que le doigt tendu qui montre, excluant de voir ce qu'il montre, l'obstination se bute.

Acharnement comme le sanglier d'Érymanthe qu'affronte sans fin Alkè.

Comme Jacob face à l'ange qui refuse de dire son nom au « gué du Nom de Dieu ».

Comme le taureau de Minos *s'obstine* sur le chiffon rouge que le torero, ou le toréador, lui tend pour l'exciter ou l'enrager davantage.

Le regard s'est brusquement arrêté comme il arriva aux deux anciens de Babylone quand Suzanne dans la pénombre de l'arbre manie sous leurs yeux cet autre chiffon : cette chemise, qui la revêt jusqu'aux genoux, qu'elle soulève. Elle la trousse, peu à peu, afin de faire entrer doucement son ventre dans l'eau tiède.

Per meridiem. Il est juste midi.

Quand le soleil est à l'aplomb du monde qu'il éclaire, quand toutes les ombres ont disparu de l'espace, elle met à nu le bas de son ventre, origine des hommes plutôt que du monde, et elle le glisse dans l'eau qui affleure.

Elle insinue son eau dans l'eau.

Tous trois crient en même temps.

*

Un doigt qui se lève vers l'objet ou le dieu. Un bras qui se dresse au-dessus d'une tombe. Un pénis qui s'érige à l'occasion de chaque songe. Une vulve qui se laisse apercevoir, dans l'ombre verticale d'un arbre, au contact de l'eau où elle écoule son propre reflet comme si elle était une source.

Dans le conte que recense la Bible, seul *l'enfant* sait si cet arbre sous la ramure duquel Suzanne s'est accroupie pour prendre son bain est un tremble (comme dit l'un des vieux), ou bien un acacia (comme dit l'autre).

*

Érasme a écrit : Ubi dolor ubi digitus. Là où cela fait mal là le doigt se dirige.

Quel est le doigt qui se dirige ?

Le doigt de celui qui souffre ?

Le doigt de l'autre qui vise toujours là où cela fait le plus mal pour que l'autre souffre le plus qu'il est possible ?

Le doigt du médecin qui diagnostique avant d'indiquer la médecine qui va soulager la douleur ?

Le doigt qui désigne la victime et qui l'offre à la mort ?

Le doigt qui s'élève sentencieusement pour préconiser l'opération qui apaisera la souffrance ?

*

La sœur Marie-Aimée de Rabutin, à la veille de mourir dans les locaux de la Visitation d'Annecy, au début de l'année 1678, fit venir à ses côtés une sœur religieuse. Elle lui dicta ce bref résumé de sa vie : « La dévotion à la Sainte Vierge me fut inspirée dans mon enfance par Madame ma Grand-mère. Car je voyais à toute heure la Mère de ma Mère qui se tenait à genoux devant une image de la Mère de Bonté. Je la vis soudainement en songe quand j'eus l'âge de sept ans : elle m'appelait par un signe du doigt. Je courus aussitôt vers elle pour l'embrasser mais elle disparut dans le même temps que je courais vers elle, me laissant néanmoins une idée de sa beauté qui est restée dans ma mémoire durant toute ma vie. Plus tard, ayant été surprise seule par un jeune gentilhomme dans un cabinet fort écarté, j'eus recours à l'Image en l'appelant par le doigt et elle fut si efficace dans cette extrémité que je me trouvai après un moment hors de là sans savoir de quelle manière j'en avais été tirée. Lors d'un voyage à Cluny, où j'accompagnois Madame ma Mère, je découvris une image en pierre et en relief particulièrement majestueuse qui représentait la Sainte Vierge la main tendue vers les deux pécheresses et une suite de pécheurs. Or, elle m'appela par un signe du doigt bien qu'elle fût en pierre. La Sainte Vierge fit alors comme elle avait fait en songe. Ce songe me revint en l'esprit et pénétra si loin dans mon cœur que je fis alors résolution de lui consacrer mes jours. Voilà quelle a été ma vie. »

CHAPITRE XXIX

Le garçon mort d'Ingolstadt

Une force indisciplinable nous contraint à nous replonger dans la condition plus ancienne. *L'Enfant entêté* des frères Grimm est repris de la ballade de Hans Sachs, qui date de 1522. Ce lied était intitulé *Le Garçon mort d'Ingolstadt*. Le conte source est différent et plus précis que la narration qu'en donnèrent trois siècles plus tard les frères Grimm. Voici le chant : Un garçon d'Ingolstadt frappa sa mère. Elle survécut. Il mourut. On l'enterra. Mais la main du garçon qui avait frappé sa mère sortit de la terre toute droite. Quand on réenfouissait la main dans la terre, elle rejaillissait. Il fallut que la mère frappât la main de son fils jusqu'à ce qu'elle fût entièrement couverte de sang. Quand sa main fut toute rouge et que le sang ruissela, le garçon la rétracta dans la terre. Alors plus rien ne resurgit à la surface de la pelouse. Ce fut ainsi que la main resta enfouie sous le tumulus.

*

Que ce soit dans la version des frères Grimm, que ce soit dans la chanson de Sachs, la mort n'est pas capable de mettre fin à l'entêtement (au rêve sexuel). Mais, dans Sachs, la mère est féconde. Il y a un entêtement plus fort que la mort et c'est cet entêtement qui féconde. La sexualité franchit la mort. Elle ruisselle et son sang de femme, dès lors qu'il ruisselle, la rend apte à reproduire sexuellement les morts dont la fin est le sang. Leur figuration franchit la mort au travers du mystère du *portrait craché*. Il y a une figuration plus forte que l'aniconisme divin. Il y a une figuration plus forte que l'abstraction du langage. Une figuration plus forte que tout événement exigeant d'être interprété pour être éprouvé. Figuration inadmissible, salissante, sanglante, véridique, vérifiante, inflexible, acharnée, dénuée de sens. Qui est à notre source. Qui fait notre visage.

Il y a une figuration plus péremptoire que tout commandement de vélation ou d'invisibilité : c'est notre corps à l'état vivant.

Voici mon théorème. Je pense que c'est le désir sexuel qui retient l'art à l'intérieur de la figuration.

*

Il est possible que seule la pornographie soit non décorative.

Seule, non contemplable.

Seule, contagieuse.

*

L'enfant qui n'obéit jamais, vivant ou mort, lui aussi est *seul à rester fidèle au désir sexuel qui l'a fait.*

Que ce soit *L'Enfant entêté*, que ce soit *Le Garçon mort d'Ingolstadt*, ces vies si succintes méritent de ne pas être omises commes elles le sont dans les recueils de leurs deux auteurs. Ces récits sont des merveilles. Les plus petits, les plus aparlants des enfants sont capables de les comprendre. Perles coriaces du monde préhumain, tels sont les contes. Ils touchent au non-verbalisable. Ils restent des « images », allergiques à la signification symbolique. Dans le duel qui a lieu entre la mère et l'enfant, duel qui est entièrement muet puisqu'il s'agit d'un *infans*, l'enfant perd (l'enfant meurt) mais l'enfant gagne : au-delà de la mort il lève toujours la main (Sachs), il lève toujours le bras (Grimm). Il ne transige pas. Il réclame pour toujours. Il dure toute la vie comme le doigt de pierre de la sœur Marie-Aimée de Rabutin qui lui indiquait ce qu'elle avait à vivre.

*

Conflit sans fin des hommes et des femmes. Enlacement sans fin de leurs corps le plus souvent dans l'ombre tandis qu'ils « figurent » intransitivement. Lutte qui dure « toute la durée de la nuit » avec l'ange sans nom au gué du Nom de Dieu. Sexuation sans fin du monde humain. Duel sans fin entre ce qui fut sauvage et ce qui n'est jamais domestiqué contenu dans la brièveté stupéfiante d'un minuscule mythe où tout dialogue est interdit, et qui ne fait pas dix lignes. C'est ce qui « se » figure inlassablement dans les œuvres si impérieuses de Pablo Picasso. C'est le duel sexuel continu qui continue avec toute la force possible son étreinte inarrêtable. Et c'est pourquoi la figuration ne se renonce jamais dans cette œuvre, quoi que veuille le peintre, quoi qu'il voulût, parce que trois autres figurations se chevauchent dans la figuration, s'y tassent, les unes sur les autres. Couche de terre. Couche de cailloux. Couches de baguettes ou de coups. Triple figuration qui précède l'humanité. Qui l'entête dans le rêve. Qui la hante dans la reproduction. Qui la tue dans la fascination.

Sexualité mort.

*

Qu'est-ce qu'a « en tête » l'enfant entêté ? Lui, dans la scène qui figure. La scène primitive est la scène figurative. La scène invisible « incarne » sans fin ceux qu'elle accouple dans ce qu'ils ignorent encore qu'ils reproduisent. Car ils ignorent qu'ils reproduisent quand ils reproduisent. Il y a des images rebelles. Personnellement ce n'est pas la peinture qui m'enchante dans la peinture mais ces images sans cesse re-poussantes qui y sont re-venantes. Scènes non seulement rebelles à tout discours, mais qu'aucun élevage n'apprivoise, qu'aucune punition ne rabroue, qu'aucune condamnation n'empêche, qu'aucune censure ne suspend. On ne peut pas interdire le rêve ni ficeler le bras qu'il élève. Images comme le crêt blanc de la vague qui avance, qui s'enroule, qui progresse, qui afflue, qui engloutit. La vague avale sans fin ce qu'elle pousse devant elle. Images qui « montent » d'en deçà de l'humanité, laquelle, tout à coup, au cours des événements de son histoire, les rencontre sans qu'elle les reconnaisse.

*

Ces images non seulement ne meurent pas mais hantent, massacrent, affolent, tuent.

Poussée où c'est la mort qui pousse la vie.

Dans ce sens la version des frères Grimm est plus radicale que la version de Sachs qui intègre le fond de la reproduction mais qui n'est que symétrique (main de la femme féconde sanglante qui frappe la main tuméfiée du fécondé qui a frappé sa mère). Ce bras levé est proche d'un bras d'honneur. Ce bras d'honneur signifie « Non, je ne respecterai pas l'interdit maternel, ni social, ni divin ; le sexe en moi sera plus fort que la divinité, que la mère, que le langage symbolique, que l'interdit qu'il produit, que l'humanité, que la mort. »

Et dans sa lutte contre la mort, le sexuel meurt.

Il y a une *figuration irrésistible à laquelle la vie peut s'abandonner jusqu'à mourir.*

Dans le monde animal des formes dévorent des formes. On appelle cela la fascination. Le fasciné est une pièce qui s'emboîte exactement dans le visage qui la guette et s'y dévore. C'est une automanducation de la grande forme que composent les deux formes animales pétrifiées qui se regardent dans l'effroi au cours de leur affût réciproque.

La figure fascinante engloutit la figure fascinée comme la paramécie s'autodévore.

C'est ainsi que les Romains appelaient fascinus le sexe masculin dressé et fascinatio le mouvement irrésistible des yeux que son dévoilement commande, aussitôt accompagné de la métamorphose pétrifiante qui en résulte dans la tension subite de l'effroi.

La fascination des vivants entre eux est comme la satellisation de la lune à la terre.

La lune n'est qu'un morceau de terre qui s'est distrait – qui tourne sans fin autour de sa mère dans le ciel – attirant les mers jusqu'à elle.

Les marées sur la terre sont comme des nostalgies, comme des mains qui se lèvent.

Qu'est-ce que l'effroi ? C'est une extase ; une ekstasis ; on naît ; on sort de l'étape antérieure ; on croit sortir de l'étape antérieure à laquelle tout attache – et on demeure pourtant cloué à cette porte qu'on franchit de toutes ses forces en hurlant.

Figure figée sur place dans l'irrégrédient exactement comme une image clouée sur un mur.

CHAPITRE XXX

Eigensinn

Entêtement se dit magnifiquement en allemand Eigensinn. Le mot allemand désigne un « signe fixe » comme le français parle d'une « idée fixe ». Il s'agit d'un signe dont l'intimation ne s'arrête pas. Signal à sens unique. Signe par excellence qui impose ce qu'il signifie et qui se hisse comme le premier des signes qui en a la puissance même dans le monde animal. Martin Heidegger faisait dériver das Ereignis d'Eigen. Signe pur qui est comme l'ordre du signe. Mais le mot français entêtement est peut-être plus extraordinaire encore que la sommation impérieuse de l'Eigensinnigkeit. La forme écrite « entestement » est attestée pour la première fois en 1640. L'entêtement dit qu'il y a quelque chose à l'intérieur de la tête qui ne cède pas le pas devant l'acquisition du langage. Quelque chose au fond de la psyché qui ne bat pas en retraite devant le Signe pur qui cherche à l'envahir. Le mot en-têtement affirme qu'il y a une poussée dans le crâne plus forte, plus têtue, plus entêtante que la conscience. Conscience qui se résume tout entière dans cette soudaine voix interne à demi maternelle, à demi collective, que la langue parlée une fois acquise déclenche en boucle tout à coup, vers l'âge de sept ans, enclenchant la puérilité, et qui vient accompagner toutes les actions qu'on commet volontairement ou non.

Quelque chose d'extérieur au langage est resté accroché mystérieusement dans la cavité céphalique et ne peut en être délogé.

Il y a une tête rebelle dans la tête, plus ancienne, sans voix, sans vocalisation intériorisée, sans conscience.

Cette tête en état de rébellion à l'état pur, c'est le rêve.

Le rêve, voilà le maître des images.

L'hallucination onirique, qui a éclos chez de nombreuses espèces animales, qu'elles courent, détalent, bondissent, volent, est plus virulente que la *totalité des peintures que les hommes ont peintes au cours de leur histoire.*

Il y a une figuration involontaire plus violente que toute décoration, plus sauvage que toute esthétique, plus indécente que tout style, plus instante, insistante que toute époque. Une figuration incultivable, inculte, non culturelle, brute, qui permet d'être sensible aux images les plus anciennes ainsi qu'aux morphologies qui sont antérieures à notre propre morphologie. Il y a une pornographie irrémédiable, inguérissable, sans barrières interspécifiques, à laquelle des centaines de millions de morts sur des millénaires d'années n'opposent aucun obstacle ; où la compréhension est déjà comprise ; qui est immédiate, c'est-à-dire incontemplable car aussitôt efficiente. Figuration où le reflet, l'image, l'ombre, la chair, l'os sont indistincts. Une érection génitale, accompagnée d'images involontaires, quitte le bas du ventre, gagne le haut du corps, s'engorge dans la pomme d'Adam qui peine à déglutir jusqu'à ce souvenir, s'entête sous le visage dont il couvre la surface d'un rouge cramoisi. Chaque fois que le Jadis fait retour il y a un animal animant l'Éros humain qui se fascine. Jadis aussi intraitable que l'enfant incorrigible. Figuration énigmatique qui reprend toute sa place dans la tête qui s'ensommeille dès que la nuit tombe, indifférencie et enveloppe. Inaccessible à la langue maternelle faite sienne contre son gré, à la loi culturelle enseignée avec son aval, à la Voix aïeule qui commande le groupe et qui est devenue son Verbum, son Logos, sa Langue, son Dieu et finalement son territoire de chimères. Inaccessible à la lumière (mais la lumière ne l'a pas accueillie). Inéducable (elle se trouve chez les tigres). Elle se trouve aussi bien chez les femmes aux yeux des hommes (seules à reproduire), chez les hommes au regard des femmes (seuls à s'ériger), que chez le taureau au fond du labyrinthe de Minos (seul à jouir), que dans l'âme des lions de Némée (seuls à rugir). Aussi bien dans le cimetière du village d'Ingolstadt que dans le somptueux jardin de Babylone où deux vieillards, tassés dans leurs buissons, l'épient, à la surface de l'eau, sous un arbre lui aussi sans nom et qui n'étend plus d'ombre autour de lui sinon sous lui. Elle se trouve aussi bien chez les chats que chez les oiseaux qui guettent leur martyre dans leur regard médusant comme ils attendent leur fin dans leur bond. Elle se situe en amont de toutes les images qui ont été exécutées depuis que les glaciers se sont retirés des grottes et qu'ils en dénudèrent les parois tandis qu'ils se transformaient en rivières d'où naquirent les premières forêts.

CHAPITRE XXXI

La voie du peintre est fascinée

Tout ce que nos yeux ne peuvent voir et que nos doigts ne peuvent toucher n'est pas absent du monde. Des ombres d'images poursuivent les hommes. Le chasseur qui se tient à l'affût derrière une roche, au bord de la rivière, ou à l'aplomb de la falaise, ou sur le gué du Nom de Dieu, depuis l'aube du temps, à ce point nu et affamé que son corps tremble, l'épieu à la main, ne sait en aucune façon quelle est la proie qui va surgir. Une image d'abîme et de vide nous poursuit. Cette image en attente – cette forme qui n'a pas encore de traits – rappelle ce que le philosophe Bouillier, au XVIIIe siècle, appelait une « ombre d'image ». Il évoquait par là une apparence aussi malaisée à saisir que le fut pour Énée le fantôme de son épouse quand il lui tendit les bras à l'instant où il la retrouvait aux enfers. Il ne put entourer de ses bras le corps de Créuse. Il s'approcha d'elle. Il ne pressa contre lui que la nuit.

*

Quand il devint mon ami personne ne pouvait voir les toiles de Rustin en public.

Devant l'unique toile que l'État français avait achetée le conservateur du musée de Dole avait fait déplier un paravent afin de la dissimuler aux regards du public qui traversait les salles.

*

Des corps humains dans une chambre sont surpris par la lumière soudaine qui s'arrête sur eux en même temps qu'ils suspendent leurs mouvements.

Nudités qui ne songent pas plus à s'exhiber qu'à séduire, surprises mais non décontenancées, touchantes mais sans un mouvement de révolte ni même d'embarras, ni la moindre honte, à peine importunées, passives à la lumière mystérieuse qui les prend de court.

Humanité aux sexes toujours désexcités et nus qui interroge intensément ceux qui la regardent dans la lumière soudaine.

Est-ce que ce sont des humains qu'ils voient devant eux ? Sont-ce des rapaces qui les dévisagent et auxquels ils vont servir de pâture ? Est-ce un rien immense qui s'ouvre sous leurs yeux ?

Humanité toujours grave. Qui ne sourit pas. Qui ne sourit même pas énigmatiquement comme l'ange du portail de Reims. Comme Anne ou la Joconde peintes par Léonard.

Une humanité un peu hébétée, abasourdie, enfin humble, sortant de la Seconde Guerre, sortant aussi des camps de Sibérie, humanitas enfin humana, malheureuse, presque dévêtue, se dévêtant encore, instable, apeurée et flaccide, s'interroge en tournant son regard vers la source du son et de la lumière que nous bouleversons sans doute en nous approchant d'elle : qui est juste devant nous et nous regarde.

*

Beauté de la Proie qui contemple son Guetteur à quatre mètres de lui.

*

Quelquefois la chasse n'est plus du côté du chasseur.

L'intense présence de la proie nous arrête tout d'abord, puis nous captive. Nous oublions de la tuer.

Comme les tout premiers inao de la préhistoire, ces figurations que peint Rustin sont des pièges à âmes.

L'humanité n'est pas anthropomorphe.

Sa forme appartient au monde animal et ne s'en dégagera jamais tout à fait.

Les animaux aiment nous manger comme nous aimons les manger.

Comme nous nous mangeâmes.

Quoi que fassent circuler les bracelets ou les colliers de la kula des hommes, nous restons à juste titre atterrés, totalement effrayés : nous restons mangeables.

La beauté de cette forme – ou le désir dans l'amour véritable, le soin absolu de la « nudité de l'autre corps » dans toute authentique passion – naît à partir de cette part vestigiale – laquelle apparenta les formes végétales puis animales, avant même l'humanité, et les entrave les unes face aux autres, de fleurs en fleurs, de sexes en sexes, qui sont les mêmes.

Dans la nudité, ce n'est pas le corps qui se découvre, c'est cette trace animale qui est dévoilée, c'est ce jadis qui transfigure.

Il se fixe.

Il s'élève.

Eigensinnigkeit.

Les revenants de Rustin sont des étranges icônes humaines qui résultent d'une iconoclasmie de la figure humaine idéale, idéalisée (ou encore « idéaliste » c'est-à-dire débestialisante, dézoologisante, sucrée, sociale, humaniste, révolutionnaire, symboliste, fictive). Ces « revenants des hommes » reviennent. Ils reviennent de la succession sanglante, défigurante, dévastatrice, inhumaine des sociétés humaines au cours de l'Histoire.

Au cours des rouleaux des vagues de l'Histoire dans le déferlement inorienté du Temps lui-même.

Ils luisent dans l'écume.

Vestiges de la Seconde Guerre.

Dans la famille d'Elsa Rustin, qui était autant communiste que juive, humanité d'abord ne revenant pas des camps nazis, humanité ensuite ne revenant pas des camps de Sibérie.

*

En amont des camps de la Solution finale et de ceux du Goulag, une espèce de toute façon misérable se reproduit toute nue dans des chambres dont elle ferme les persiennes ou dont elle tire les rideaux ou dont elle déplie les stores ou dont elle rabat les volets. Ces chambres où la lumière blanche d'une bougie, ou d'une ampoule électrique, les prend de court sont des chausse-trapes silencieuses où celui qui les voit bascule. Le langage n'est pas notre patrie ; nous venons du silence dont nous avons été dévoyés quand nous marchions encore à quatre pattes dans cette terre d'Égypte où nous avons connu l'état des plus indigents des êtres de ce monde ; les rayons portés à des distances immenses font toujours corps avec le soleil et ils en contiennent toujours l'éclat et une part de chaleur. Il reste une espèce de matière translucide, blanche – de fantôme ou de lune – qui a la consistance du sperme laiteux qui est à notre source ; une surface translucide et très brillante qui sèche, qui perd de sa blancheur, qui, durcissant, devient plus terne, plus poreuse.

Les yeux qui nous regardent nous laissent pleins d'inquiétude sur les toiles où Rembrandt, où Rustin les peignirent.

Nous avons une attache à la nudité qu'il est malaisé de dénouer et qui est vraisemblablement inguérissable. Nous naissons nus. Nous sommes les esclaves de l'étreinte nue qui nous a faits, bien plus que de la souffrance dans laquelle nous vieillissons, et beaucoup plus que de la mort, à laquelle nous ne sommes que contraints. C'est ainsi que l'intempérance sexuelle dont il résulte rend chaque homme attentif, insomnieux, peureux, irrité, sombre, étonné, troublé, dressé, guettant, en alerte.

*

Au fond de l'atelier du 110 rue Sadi-Carnot, au haut de la tour de Bagnolet, dans l'angle, à gauche, quand on entrait, dans le coin de la fenêtre, il n'y avait, pour s'asseoir, qu'un fauteuil. Un fauteuil vert, au velours pelé, qui datait de la guerre. Tout datait de la guerre. Jean n'a jamais repeint les murs de l'atelier quand il avait jeté sur lui son dévolu.

Le lieu l'a contenu d'un coup.

Il n'a touché à rien.

Il a amené peu de choses.

Il a posé le chevalet.

À jardin, à droite du pilier qui soutient le plafond, il a déplié un pupitre de musique monté sur son trépied de fer-blanc à hauteur d'homme.

Le peintre vous obligeait à vous asseoir à cour dans le fauteuil vert. Marie Morel s'y est assise. Marc Le Bot s'y est assis. Cremonini s'y est assis. Cueco s'y est assis. Aucune toile n'était encore visible. Celui qui s'y trouvait assis faisait face au mur, devant lui, à quatre mètres, à cinq mètres. Là le chevalet (mot à mot le petit cheval que l'image chevauche) se dressait, plus haut que votre visage.

Jean venait, en trottant, y placer, une à une, ses toiles.

Jamais deux toiles en même temps.

Il fallait regarder la peinture 1. assis dans le fauteuil couvert de velours pelé ou de suédine verte, 2. confiné dans cet angle délibérément asymétrique (qui n'était pas placé au centre de la pièce mais nettement sur la droite par rapport à l'axe du chevalet).

Il ne fallait voir l'image qu'il avait peinte ni debout ni dans l'axe ni à sa hauteur.

Mais comme accroupi, dans son buisson vert, effrayé, latéral, comme inquiet, sous son arbre invisible.

Le pupitre à violon, aux trois pieds en laiton, fait pendant au vieux fauteuil vert : lui-même n'était pas dans l'axe.

Ni le pupitre à musique ni le fauteuil à voir ne sont dans l'axe.

Rien ne doit être dans l'axe de la mort.

*

Il s'asseyait dans ce fauteuil, un peu à droite de sa toile, à quatre ou cinq mètres d'elle, quand il observait sa toile en silence, dans l'aube, avant de se relever, traînant les pieds dans ses chaussons, afin de la reprendre.

Il jouait du violon devant le pupitre, à gauche du chevalet, ou bien sans partition, dans le petit renfoncement à l'intérieur des toiles toutes retournées contre les murs. Il avançait un peu démantibulé, un peu arqué, le violon sous le menton, le menton sur la mentonnière, le vieux foulard de soie sur la barbe naissante, se dirigeant vers l'unique peinture en cours. Il s'adressait doucement, en musique, à ces visages interloqués, à ces sexes défaits, à ces corps qui sortaient de l'ombre bleue, ou brune, ou grise. Il s'adressait à ses revenants. À ses Orphée. À ses Créuse. À sa mère. À Elsa. À Jean-Baptiste. À son frère. À son fils Pierre. (À ses ancêtres. À ses morts.)

Le peintre joue de la musique aux siens.

Il consolait une ressemblance morphologique (à laquelle mon visage d'ailleurs appartenait).

Assis, la tête de celui qui regarde est à hauteur, au loin, de la ligne peinte sur la toile qui figure le plancher et le distingue du mur, ou bien qui dessine le bord du matelas sur le lit. La tête qui voit tombe dans la toile de plus en plus aqueuse, de plus en plus vaseuse, de plus en plus fluviale, dans la plongée du regard sur le corps presque englouti, ou sur la tête de moins en moins éclairée, de plus en plus noyée de nuit des peintures qui furent celles de la fin de sa vie.

La tête qui voit ne surplombe en aucune façon la représentation. Si nous nous penchions en avant pour voir de plus près ce que nous désirons voir – assis dans le fauteuil bas – nous tomberions dans la grande image au-dessus de nous comme si notre corps se concentrait et se résumait à notre tête décapitée qu'avale le bord inférieur de la toile qu'on observe ou la rive de l'eau qui passe.

*

Les peintures monumentales sont elles-mêmes peintes comme si les corps étaient vus en contre-plongée dans la nuit brune ou dans le fleuve bleu de la toile. Cela crée un angle aigu où les regards se reversent et s'avalent. L'œuvre qui s'était résolue depuis plus de trente ans à la plus vibrante lumière sur un fond gris clair a recouru à la fin de la vie de Jean au clair-obscur de plus en plus obscur. L'âme insensiblement, pour sentir davantage, revient au nocturne. Revenants revenant à la nuit des grottes initiales et peut-être primaires, et certainement toujours utérines. Entre le marron et le bleu de l'eau nourrissante, urineuse et primaire. L'espace, à l'intérieur des toiles, est de plus en plus basculé, celui qui les regarde tombe de plus en plus vers l'avant. Dans l'arrière de la toile qui se renverse (qui se renverse exactement de la même façon que le fait le premier homme figuré à Lascaux, ou que le fait Boutès plongeant sa tête en avant sur la surface de la pierre qui refermait le sarcophage de la tombe de Paestum, ou que le fait Orphée sous les mains des bacchantes qui lancent sa tête, qu'elles viennent d'arracher, comme un ballon qui roule et que les pieds relancent çà et là, à partir de la forêt jusque sur le sable de la rive du fleuve) les figures surgissent comme ces fruits tout nus et tout brillants qui sortent des écales des marronniers, dans la saison de l'automne, alors qu'ils se fendent en tombant par terre et que leur protection se rompt et s'écarquille.

Même chose pour les grappes des mains.
Elles s'ouvrent dans la stupéfaction.

*

Déchéant comme un enfant qui tombe dans la lumière.

C'est le regard surpris des nouveau-nés, tête en avant, couverts d'eau, émergeant, s'arquant hors de la vulve pour s'en extraire tout à fait, à demi aveugles, étonnés, découvrant l'atmosphère, qui les brûle, et son rayonnement, qui les irradie.

Il y a deux scènes invisibles à toute femme et à tout homme : une primitive, une ultime.

Ce sont les deux scènes sans présence. (Ce sont les deux scènes de l'irreprésentable propre à chaque corps individuel, sexué, présent, illuminé, enluminé, vivant.)

La scène qui a manqué toujours à la vue est la scène primitive (la conception de notre corps, les conditions des deux désirs qui y ont présidé, la posture que le hasard ou le plaisir finalement ont élue, l'identité de l'homme sur le corps de la mère en train de la saillir avec une sorte de fougue, de la remplir de sa semence qui tout à coup jaillit).

La scène qui manquera toujours à la vue est la scène ultime (notre corps mort et les conditions ou les circonstances imprévisibles de l'effondrement, ou de l'immobilité cardiaque, de l'asphyxie terminale, des soins qui seront pris par ceux qui participeront à ce moment, du choix qui sera fait par l'entourage pour la cérémonie funéraire malgré les recommandations que nous avons pu émettre).

Ces scènes sont phobiques.

Toucher ces deux scènes qui sont les extrémités de notre singularité est aussi désagréable que toucher notre œil.

Le doigt le plus caressant, la langue la plus aimante s'approcheraient-ils de la pupille de notre œil, la paupière se rabattrait d'elle-même. Elle se refermerait contre notre gré.

De même Rustin peignait contre son gré – volens nolens – ses toiles irrésistibles.

Sans cesse la tête – imago – surgit du sexe de la mère.

*

Qu'est-ce qu'une chambre ? De nos jours, la chambre est le lieu ordinaire du coït, le lieu ordinaire de la naissance, le lieu ordinaire de la souffrance, le lieu ordinaire de la mort. La première figuration humaine se trouve au fond d'une grotte. Elle associe la mort, le pénis dressé, une crevasse obscure, un puits obscur.

La « musique de chambre » que nous jouions tous les deux, Jean et moi, au violon et au violoncelle, était celle de Bach, Haendel, Haydn, Mozart, Beethoven, Schubert.

Et telle était la « peinture de chambre » à ses yeux : Le Caravage, La Tour, Rembrandt, Chardin, Morandi, Bacon.

*

La peinture elle-même impose à la forme qu'elle prend – comme s'il s'agissait d'un destin involontaire – sa propre métamorphose.

Une métamorphose de la forme qui découvre la forme qui la mange, voilà ce à quoi sont voués les vrais peintres.

La peinture est sans savoir, elle ne procède pas d'un récit, elle ne répond pas à une histoire, elle ne raconte pas une intrigue, elle n'appartient pas au monde symbolique, elle n'illustre pas une fable, elle ne connaît pas de destin où elle s'achèverait. Elle est un pur connaître. Elle est sa propre fascination – du regard du peintre au regard peint.

Toutes ces figures sont muettes, dépourvues d'anecdote. La peinture se fait de plus en plus silencieuse. Elle devient intégralement silencieuse.

Comme la lecture est devenue un jour intégralement silencieuse, à Milan, dans le visage de saint Ambroise sous les yeux d'Augustin estomaqué, converti, stupéfait.

Quand la présence fascinante s'est exercée sur toute la surface de la toile, la toile est fascinée ; elle est transie, engourdie, achevée ; celui qui la voit n'en sort plus. Son silence est à couper au couteau.

*

Je fus subjugué.

Il m'offrit de si nombreux dessins érotiques, pornographiques, dont il ne souhaitait pas qu'ils fussent publiés de son vivant.

C'est ainsi que les tableaux de ce violoniste si humble et le reste du temps si silencieux formaient le tabou de la curiosité.

La mort à l'état naturel décharne la tête des hommes comme des autours, des vautours. Quand les morts descendent aux enfers, ils ont ces visages aux grands yeux ronds et éblouis des cavernicoles ou des petits enfants autistes. Des hiboux de caverne. Des grands ducs de Chauvet ou tous ceux qui s'étaient établis dans le Puits de Furfooz. Les grands yeux grands ouverts de la curiosité. Cur pur. La curiosité est plus vaste que le désir. La contemplation déborde le champ de la prédation. Soudain la chouette effraie « regarde pour regarder ». Ce regard est un leurre. Sa prédation est purement sonore.

*

La ressemblance cruelle entre « tête de vie » et « tête de mort » n'est pas une invention due à Jean Rustin, ce n'est nullement un projet qu'il aurait conçu, elle ne correspond pas à une « idée » de peinture : c'est simplement notre destin.

Cette douloureuse et merveilleuse « ressemblance » est inscrite dans notre propre figuration. Et l'extrême vieillesse la creuse sur nos proches, sur les plus aimés, selon une modalité qui nous confond. Et cette figure défigurante dont les plus aimés sont la proie, il faut aussi l'aimer, si nous les aimons encore. Nous caressons nos vieux visages, nos peaux si douces, si souples, qui se relâchent, qui s'usent et se lissent, qui se plissent, les vieux sacs des seins qui pendent, les sacs satinées des couilles, les prépuces fripés et recroquevillés, les vulves asséchées et flétries, les beaux regards qui brillent et qu'une larme vient mouiller peu à peu perpétuellement.

Nous sommes impuissants à prendre en horreur les apparences que nous tendent ceux que nous aimons le plus, même s'il ne s'aiment plus déjà eux-mêmes depuis longtemps.

Ces figures sont des vieillards-enfants.

Pour le dire en chinois : ces têtes sont des « Laotseu » (en chinois lao signifie vieillard, zi ou tseu signifie enfant).

Cette ressemblance de nous à nous-mêmes, le peintre ne la voit pas en la « voyant », le peintre la met au jour en la « peignant ». C'est la peinture qui pourvoit le peintre de sa forme. Pour le dire en grec, c'est la zoographia (la peinture en grec se dit écriture-des-animaux-vivants) au sein de la metamorphôsis qui entrevoit les différentes morphè possibles du vivant. C'est la peinture plus que l'Histoire qui impose la tombée des cheveux dans la peinture de Rustin, qui impose la suppression des bras comme la nature le fit sur les serpents, qui impose la disparition des dents comme la nature le fit dans le bec des oiseaux.

*

De la même façon que la pièce découpée du puzzle perd sa forme si déroutante dès l'instant où elle a trouvé l'échancrure, le pays, la maison, la gueule, la dentition, la frontière escarpée qui l'attend : de la même façon que le néandertalien devient magdalénien, que le Gaulois devient romain, que le Franc se fait chrétien : de la même façon que le dhyana de l'Inde se transforme en ch'an en Chine, qu'au Japon ce ch'an, arrivant dans le si beau port de Fukuoka, le long de la rive de la rivière premièrement touchée par le silence du Bouddha parvenu en barque, bâtit ses murets et ses huttes et se transforme en zen : tout être fasciné subit sa « ressemblance qui ne ressemble à rien ».

Le fasciné est un œil dont le voyant bascule dans le vu à force de regarder en face l'œil qui le fixe : le fasciné est un instant extatique devant la forme autoritaire (devant la préforme phylogénétique) qui le domine.

Dans la vie sauvage un œil est un mauvais œil. Un œil qui vous regarde espère votre mort. Un œil qui guette, qui attend l'instant de mort, un œil affamé qui enfin transforme le corps : fond, saute, bondit, tue, avale.

Dans la grande dépense de l'univers, la vie dépense, tente des formes vivantes qui se mangent.

La grande peinture n'est qu'un minuscule recoin de cette grande dépense.

*

Dans la nature les formes mangent, sous un œil unique dont la menace est anxieusement soupçonnée partout, qui envie la vie de chacun.

Dans la culture de même, indifféremment. C'est le dieu Phthonos qui erre dans les tragédies et les cités des Grecs. C'est la déesse Invidia qui parcourt les annales de l'Histoire romaine et que les milliers de fascina de marbre érigés sur les tuiles des toits, ou suspendus à leur chaînette de bronze sous les porches des maisons, cherchent à détourner sur eux-mêmes en sorte d'en préserver les corps vivants qui y logent, qui y mangent, qui y dorment et qui s'y reproduisent.

Au-delà de l'histoire humaine s'étend une extraordinaire diachronie évolutive, ou du moins éruptive, qui n'est que la succession de ces pôles électrisés, qui se court-circuitent au cours de brusques cris. Qui n'est que la métamorphose des désirs désirés, qui se mutualisent et qui s'entredévorent. L'histoire de l'art se résume elle aussi à des formes qui se déclassent les unes les autres, génération après génération, qui se repaissent du plus ancien afin de soulever de plus en plus le lieu de plus en plus informe et décimé.

Ce sont sempiternellement des yeux éblouis par un changement brutal de monde.

Des yeux de chouette effraie qui s'est recelée dans les branches de l'arbre où elle se fond.

*

Les formes qui précèdent réservent à chaque forme neuve un accueil épouvanté. Elles réservèrent à la peinture de Rustin un accueil épouvanté. Les formes nouvelles de l'apparence humaine, au cours du XXe siècle, dans les hôpitaux psychiatriques, dans les camps d'extermination, dans les ports japonais soufflés, dans les victimes du sida, ne s'étaient jamais vues dans les siècles qui précédaient. Ce n'est pas Picasso qui les invente. Ce n'est pas Bellmer qui les invente. Ce n'est pas Bacon qui les invente. Ce n'est pas Rustin qui les invente. Ce sont des sociétés humaines qui ont inventé les conditions atroces de cette déculturation, de cette dénaturation, de cette démorphologisation –, ces états-limites des formes.

Alors ces formes inventent leurs visages, ces visages appellent leurs peintres, comme cette douleur appelle son chant, dans le même temps que la naturalité de l'homme s'est désidéalisée à jamais dans une Histoire que plus aucun motif n'anime et où rien ne vient plus détourner du souvenir de la mort.

L'anthropomorphose effarante n'était pas le fait de mon ami. Même, je doute que Jean y songeât en peignant, en traînant les pieds dans ses pantoufles dans la poussière d'un atelier qui lui-même le précédait sans qu'il ait même jamais songé à en lessiver les murs un jour. Simplement cette anthropomorphose des individus dans les États modernes appelait leur forme fascinante et Rustin, parce qu'il était un grand peintre, en a subi l'appel. Il en a subi la vision, voulant, ne voulant pas, d'une façon ni préméditée (le parcours de sa peinture depuis la Seconde Guerre le prouve) ni volontaire (sa façon de travailler, d'effacer ce qui a été peint avec le plus grand soin – cheveux, bras, bouches, corps entiers – en témoigne de façon encore plus involontaire).

Seule une année entière, qu'il a passée à Sainte-Anne, à écouter, à dessiner, à voir, à vivre, fut son école.

Tout symptôme social – qui n'est qu'une retombée de la mort – est un nouveau visage.

Nul peintre ne peut s'opposer à l'autodislocation de la figuration humaine propre à son temps faute de quoi il ne fait que recourir aux vieilles figurations déjà dévorées de l'homme, idéales et dérisoires, vénusiennes ou scythiques, égyptiennes puis grecques, préraphaélites puis modern-style, contournées, symétriques, abstraites, ornementales, parées, illustratives.

*

Chaque fois, la forme neuve a affaire avec un nouvel informe qui suscite l'effroi sans âge de l'origine. L'effroi définit le contraire de la répétition. Elle s'oppose à l'angoisse. L'angoisse est nouée comme indissolublement au répété : elle le connaît même par cœur puisqu'elle l'appréhende. Au contraire, l'effroi signale le neuf, le natal, le sans-coutume, le primaire, l'originel. L'effroi est sans angoisse. L'effroi laisse bouche bée. Ce qui effraie alors est aussi délicieux et beau que l'effraie elle-même dans son vêtement de plumes brunes, soyeuses, moirées de gris, et son ventre de neige. Avec son double bec dilacérant qui aussitôt pique, arrache, dépèce. Ce qui n'a jamais été répété par l'âme fait irruption en elle à toute allure, toutes ailes déployées, et en silence. Ce qui surgit alors la déchire comme les lèvres sont elles-mêmes une étrange forme déchirée en deux déchirant toute forme, déposant en elle une douleur qui laisse passer un cri inattendu au-delà de la faim ou du désir, parce que rien en elle n'était préparé à quitter l'état précédent. Cette douleur inaccueillie de l'inaccueillable est l'effroi. La mort est l'effroi pour ce qui vit : la mort est exactement ce qui n'a pas été répété et qui ne le sera pas.

L'effroi est le malaise – totalement dénué d'angoisse – propre à la forme qui déforme de façon imprévisible.

Désirer une forme qui passe à l'état informe, ne pas être effarouché par la mort, quitter le groupe, accepter une vision neuve sont liés.

Au cours des rêves l'âme est toute seule.

Le sommeil produit des régressions (des imagos, des têtes de morts, des têtes d'aïeuls adorés, des têtes de proies pourchassées, des massacres de cerfs suspendus ou des hures clouées) dans le même temps que leur vision mentale érige le sexe (le fascinus lui-même, inévitablement solitaire) du dormeur. L'image involontaire gonfle les seins, durcit brusquement les tétons, dilate et humidifie la vulve de la dormeuse. Dans le rêve la représentation humaine linguistique, codée, légendée, illustrée, retourne en bloc à son matériau d'images zoologiques. Le rêve (non la vue) est la fascination optique à l'état pur. Alors l'œil régresse vers son image première, où le corps tombe, tandis que par cette chute le désir mammifère se dresse, le désir de re-produire ce qui produit s'anime. Au cours du rêve, reparcourant le circuit de la phylogenèse, l'homme redevient le charognard devant sa charogne. C'est le secret de la scène de Lascaux : un être qui est *à la fois* un homme et un oiseau *à la fois* s'érige et tombe.

Le passereau devant le milan est à l'état de rêve (est dans la non-motilité propre au sommeil ; cette non-motilité, c'est la fuite empêchée ; c'est l'irrégrédient).

C'est même la régression : c'est même le sommeil – qui reconduit si aisément le corps adulte à l'état de fœtus dans sa poche obscure.

Le souriceau devant le chat soudain est à l'état de rêve.

Le rêve est un qui-vive plus vif que la pensée même.

À l'intérieur du songe ce que l'image attend est plus ancien qu'un mot.

L'humanité ne pourra jamais domestiquer ce regard animal nocturne indomesticable.

On ne pourra jamais rendre volontaire ou bien contraindre cette garde étrange qui gît au fond du re-gard de tous les prédateurs, cet « être en garde », cette relation anxieuse, ce lent chauvissement des oreilles dressées, des yeux exorbités, cette brusque immobilité, cette alerte silencieuse qui entourent la prise, que ce soit pour la prévenir, que ce soit pour la précéder.

La fascination est le reste d'une expérience où ce qui est subi (le psycho-pathologique) et ce qui apparaît (le phyto-zoo-physique) n'étaient pas distincts. L'intérieur et l'extérieur étaient encore le même.

L'effroi (ek-frieda) déchirait la paix (frieda) de la figuration. Ouvrait la gueule (frontale) du prédateur. Desserrait ses crocs. Voir était encore manger. Les yeux, tandis qu'ils s'écarquillaient, écartaient les mâchoires.

CHAPITRE XXXII

Santa Lucia

Sainte Lucie porte sans dire un mot, précautionneusement, devant elle, ses deux yeux posés sur un plat rond. Zurbaran a représenté le visage de la sainte distributrice des figues, des yeux, des graines, des noisettes, des petites hosties, si pâle, toute pâle, lèvres serrées par la douleur, sur le fond de la nuit qu'elle rejoint, les deux orbites vides.

Elle porte, comme deux œufs sur le plat dans sa petite poêle pâle, la vue qu'elle a abandonnée.

Il y a un lien d'inhérence qui va de Méduse à Persée. Le lien est la peinture.

Ce qui tue Méduse, en médusant Méduse, est sa tête réfléchie sur le bouclier que Persée tend à son visage.

Le regard qui tue regarde son regard et en meurt.

Les Anciens disaient : Verba verbera. C'est ainsi que dans la légende de santa Lucia de Syracuse toutes les *paroles* sont transformées en *coups*. C'est ainsi que la chasteté de Lucie avait été prostituée par les proxénètes de Paschase. Or, plus les coups pleuvaient, plus la sainte irradiait, plus Lucie « s'élucidait ».

Sainte Lucie est alors aspergée d'urine ; ce ruissellement l'enchante ; elle luit davantage ; la lumière aime la surprise. Maintenant les coups meuvent le sang ; le sang se mêle à l'urine et l'urine devient comme un rayon jaune et rose de lumière d'aube qui la fait resplendir. De même la sensation de plaisir sexuel est la joie de vivre en acte qui monte du corps animal tendu comme un arc, jaillissant comme un éclair. Lux. Lucia. Luciditas. Claritas. Cet éclair (keraunos) suit vertèbre à vertèbre, puis revient à toute allure, pour la reparcourir, l'échine de la sainte. La jouissance de la lumière passe comme une foudre de haut en bas. Brièveté de la volupté qui en fait une substance presque temporelle. Une lueur si dense couvre tout le corps, par capillarité, venant du corps. Cette aura est aussi un frisson comme on le voit sur toutes les flammes qui brûlent et qui vacillent. Cette lueur liquide se voit finalement au fond du blanc des yeux renversés, retournés, des femmes, dans leur transe ou, lorsqu'elles rejettent leurs bras et incurvent leurs mains en arrière, au moment de leur joie.

Leurs yeux se révulsent, et tombent dans la lumière qu'ils ne voient plus.

C'est pourquoi santa Lucia offre ses yeux sur un plateau d'argent pour ajouter encore à la lumière qui tombait du ciel et qui nous entourait de bonheur.

CHAPITRE XXXIII

Mellan

Claude Mellan commença en 1640 une eau-forte qu'il intitula *La Souricière*. Il la laissa inachevée. Un nourrisson écarte les genoux de sa mère afin de guetter le trou dont il vient de sortir.

Il en reste deux états différents.

Ce sont deux images étranges.

Le sacrifice, qui caractérise les sociétés humaines, cherche à en rejouer la préhistoire : voilà le cœur du sacrifice : reprendre la prédation aux griffes des prédateurs.

Dans le sacrifice, il s'agit de retourner la mort à l'envoyeur.

Il s'est beaucoup agi, jadis, dans l'aube de la musique, de tonitruer contre l'orage et ses fulgurations.

Dans la toute première rythmique, tambourinant, hurlant, il s'agissait d'effrayer l'effrayeur.

D'étonner le tonnerre.

*

Autrefois les pierres à œil protégeaient les chevaux de la foudre.

Puis ce furent les cercles en fer des tonneaux qu'on plaçait au-dessus des portes des écuries.

Enfin ce furent les fers qui vinrent ferrer les sabots des chevaux. Ces fers hémisphériques et le plus souvent rouillés qui tombaient de leurs sabots au cours des galops et des trots ressemblaient à des paupières à demi ouvertes. On les nommait des « pièges à diable ». J'ai en vue, dans la genèse de l'image involontaire qui habite la perception, qui meut le voir, à mi-chemin du fantasme et du rêve, que je cherche à méditer, une espèce de point *antéoriginaire*.

C'est ce point qui précède la possibilité même de la peinture : il est comme sa pupille.

Pupille qu'on peut dire, dans ce cas, orificielle.

Trou béant dans le visible.

Trou qui s'y entrouvre, sans qu'on y voie, au bas du ventre des femmes qui poussent, lors de la parturition, par où le nouveau du temps passe.

En amont même des parois des grottes paléolithiques, c'est d'abord le trou qui ouvre la grotte qui, dans la grotte, attira. La fente, brusquement ouverte de façon sanglante, puis empreinte du sang de la fécondité, en fut certainement la source. Son porche en est toujours enduit de terre rouge.

Elle est en tout cas chez les femmes, les bisonnes, les ourses, les juments, les lionnes, de nombreux mois après, le lieu de la naissance. Lèvres basses qui s'ouvrent plus qu'il n'est vraisemblable à l'esprit de celui qui en naît.

L'ouverture des lèvres et des incisives et des canines de la mâchoire se disait « chaos » en grec.

Puis l'ouverture de la paupière où « phthonos » cligne. Les chasseurs *clignent un œil* pour viser. Mire est la cible. Le tondo est une cible. Le tondo ne permet pas de multiplier les lignes de fuite. Le tondo ne permet pas à l'augure de tirer à partir du point (comme fait le rex) une ligne droite (une regula). Face au rectangle néolithique du templum le tondo en reste au point, au punctum : il concentre l'espace qu'il perfore. Rétrécissant le visible il empêche de prendre ses distances à l'intérieur de ce qu'il excave dans l'espace, où il immobilise celui qui voit et celui qui est vu.

Sur les tondo, au centre, on aperçoit toujours ce bout de sexe ou de pupille à partir duquel le cercle prend axe. Il ferme l'angle. Il prépare sa giration. La forme que se mit à peindre Pierre Skira en 2001 commença cette aspiration. J'allais à l'atelier de Pierre le plus souvent qu'il m'était possible quand je vis surgir, dans son œuvre, les tondo. Presque chaque jour, en fin de matinée, je descendais la rue de Crimée. Je franchissais le canal. Je longeais l'avenue de Flandre afin d'aller voir les ronds se concentrer dans l'espace.

Comment se centre le centre dans l'espace.

Comment se cible la mort.

Aspiration vertigineuse.

Les livres qu'il peignait jusque-là sur ses quadrato se mirent à tourner comme des astres à partir de ce bout de peau, de paupière, de prépuce retroussé, de méat entrouvert au centre de chaque tondo.

*

La mort appelle la mort, tel est le deuil. Le mort hèle de toutes ses forces notre mort. Sa *giration* fait l'évanouissement, qui est le cœur de la transe. Lors de la retombée, le choir, le déchoir, l'abandon, la *chance* redeviennent le noyau giratoire de la danse.

De même que la danse appelle le fait de perdre pied, de sombrer, de naufrager, de couler, de même la mort appelle « creuser un trou ».

Du moins la mort, à l'origine de la mort, ouvre ce trou au milieu du milieu.

C'est très étrange. On vient d'un rond que le corps *cherche encore* au moment de mourir, au point qu'il l'ouvre dans le sol.

*

Le mot latin « rotundus » – qui vient de la rotation de la danse qui tourne sur elle-même, c'est-à-dire de la ronde qui vient de la rotonde – a fait, sur un bord, le minuscule mot français « rond » comme il a fait, sur l'autre bord, le mot italien « tondo ».

Cercle que décrit sur le sol l'agroupement en cercle, assiégeant, piétinant, qui tourne sur lui-même et se resserre encore en criant, en hurlant autour de la proie – ou plutôt de la victime – lors de la crise violente à la source du social.

La pulsion d'enlacement piaffante, saisissante, pressante, cramponnante, contractante, étouffante, essoufflante, de l'étreinte dans l'amour.

La joie de perdre l'esprit.

Rota désigne la roue du potier, la roue du char, la roue du supplice sur laquelle un homme hurlant est « roué ».

*

Rapaces qui tournez en rond,
danseurs, sorciers, chamanes, fous,
enfants,
qui tournez vertigineusement en rond jusqu'à la syncope,
ou jusqu'à la mort,
au cours de la danse, de la
transe.
La tête tombe en arrière,
renversée dans le plat rond,
in disco,
in tondo,
de Salomé la Sainte
ou de Lucia l'Aveugle.

Tout humain qui naît tombe la tête en premier sur la terre. Les mains, les pieds, le délivre ne font que suivre le bout de tête ronde et chauve que couronnent les lèvres.

Tout humain qui tombe en extase tombe en arrière de lui-même les bras relevés en arrière.

Les fœtus s'enroulent même avant de s'allonger pour naître. Les rondes entraînent. Les vers forent.

*

Vulve que la parturition ouvre. Œil grand ouvert de la naissance. Bouche grande ouverte de la faim. Tout *continue* de s'ouvrir jusqu'à ce trou qu'évide la mort *au-dessous* de la substance effondrée du cadavre. Cette étrangeté fut plus étrange encore pour les tout premiers hommes qui crevèrent, ouvrirent, creusèrent, fossoyèrent, retournèrent la terre pour l'y ensevelir. Humains qui se définirent comme terre : humus, homme, homo, humilitas, uniquement à partir de ce trou qu'ils recouvrirent de pierres, refusant l'idée d'être mangés aussi bien par les autres animaux que par leurs congénères ou bien leurs ennemis.

Espace excavateur qui est comme une soustraction elle-même dévorante. Trou comme « mâchoire fictive », non consommatrice de ce qu'on y enfourne. Trou comme « mâchoire d'autre monde » qui éloignât les autres hommes, qui fît refluer les autres fauves, qui repoussât les hyènes, les rongeurs, les serpents, qui échappât aux regards des corbeaux le jour, des rapaces la nuit, qui se préservât des insectes, des mouches.

Trou de mort entouré de cet autre cercle invisible au-dessus de la cavité : halo de la contagion de la mort.

Aura de mort en ce sens que la mort est *l'orage* de l'homme sur la terre.

*

Même le mot « chercher » veut dire en latin aller autour, tourner autour, aller en cercle, circuler.

Les rapaces « cherchent » dans le ciel. Ils « cherchent » veut dire : Ils tournoient au-dessus de leur proie jusqu'à l'instant où ils fondent.

L'anglais to search dérive lui aussi du vieux roman cercher qui provient du vieux romain circare qui signifiait tourner en rond.

Rôder en rond comme les planètes autour des étoiles, au-delà du système solaire.

Exactement comme les petits autour de leur mère dans ce monde, après le premier monde.

CHAPITRE XXXIV

Le roi de Vernet

Le trou dans le réel provoqué par la mort provoqua un « trou imaginaire dans l'espace » dans lequel les humains peignirent. J'ajoute ceci qui est plus difficile à penser : Il est possible que la fascination qu'exerça la tête de mort engageât le regard de celui qui la regardait comme une chose qui appartenait à l'ancienne terre des fauves préhumains. L'œil ne serait jamais humain – au-delà de tous les trous que les humains creusent –, dans l'orbite vide la forme de l'œil du prédateur absent attire.

*

Il se trouva que Landru, lors de la dernière audience, en 1922, reconnut Colette dans le public qui se pressait à son procès. Après l'énoncé du verdict, il lui fit passer un mot par son avocat. Intriguée, elle vint jusqu'à lui. Landru demanda à Gabrielle Colette de bien vouloir lui signer un autographe alors qu'à l'instant il venait d'être condamné à mourir. Elle le regarde. Elle le contemple. Elle se penche. Elle signe un autographe à l'homme qui vient d'être condamné à être décapité. Elle revient chez elle. Elle écrit cette belle page : « Œil paisible, noir, insondable. Œil dénué de langage, d'attendrissement et de mélancolie. Œil serein comme celui des premiers hommes qui contemplaient le sang versé… »

*

Il y a *contemplation fascinée* quand les yeux que nous voyons nous renvoient le vieux regard.

Le premier regard jeté sur nous à la naissance.

Quand la forme aïeule qui va nous engloutir nous dévisage inexprimablement (sans égards, avec ascendant, avec une fugitive nostalgie, avec désir, avec faim).

En latin on disait : *oculum torquere* lorsqu'il était question d'une vision qui venait faire *rouler* l'œil sur lui-même afin de mieux voir.

Le tondo est l'œil qui roule dans le réel.

L'oculus du monde humain.

*

Le meurtre de l'empereur Caligula fut un sacrifice. Suétone dit que les Romains désirèrent s'attaquer alors à la reproduction même de la démence que ses décisions avaient montrée.

C'est pourquoi les conjurés s'en prirent aussitôt à ses obscaena. Ils enfoncèrent leurs glaives dans les parties honteuses de Caligula mort et percèrent ses bourses.

Puis on écrasa sa fille en la projetant contre un mur.

C'est la scène grecque de la fille de Dibutadès, (l'origine de la peinture) en plus pulsionnel, plus violent, plus romain, plus pur.

Ce sont les mains positives sur les parois.

L'expression romaine « obscenum ostentum » désigne un présage sinistre.

Cette ostension est ce supplice de la reproductrice qui concerne l'avenir. On sacrifie dans la fille de Caligula la possibilité de la reproduction de la violence incontrôlable provenant du père car elle menace le futur du groupe.

*

Dans la Thora : Oculos fornicantes. Voilà ce qu'indique l'Éternel. (Tous les yeux forniquent et en ce sens reproduisent.)

— N'entrez jamais dans l'espace où vos yeux vous dirigent ! s'exclame le Sans Nom en s'adressant aux hommes qu'il a élus.

Dieu le répète à plusieurs reprises dans la Bible : Ne sequantur cogitationes suas et oculos fornicantes ! Ne suivez jamais les pensées que vous nourrissez ! Ne vous laissez jamais guider par vos yeux qui forniquent ! N'entrez jamais trop avant dans l'espace de votre pensée !

*

Alors la colère se saisit de lui. Micha l'Idolâtre dit aux Danites :

— Vous m'avez dérobé le dieu que je m'étais fabriqué. Maintenant vous partez. Que me reste-t-il ?

Les Danites lui rétorquèrent :

— Nous avons ouvert devant toi un vide où tu peux te jeter.

*

À Vernet, dans le canton de Prades, au dernier jour de l'hiver, quand le jour tombait, après une farandole, tous les jeunes hommes non mariés creusaient sur la place communale un trou où ils enfouissaient le « roi de Vernet ». Ce qu'ils appelaient le « roi de Vernet » était un coq. Ils remplissaient le trou avec le dépôt de terre qui avait été creusée. Ils piétinaient ce dépôt tout autour du cou si mince de l'oiseau que surmontait sa crête.

Alors tous les garçons se regroupaient en cercle autour du trou et ils *devenaient aveugles.*

L'un après l'autre, les jeunes humains, après que leurs yeux avaient été bandés, un sabre émoulu confié à leurs mains, après qu'on les avait fait longtemps tournoyer sur eux-mêmes, cherchaient à décapiter la tête minuscule qui sortait de terre et qu'ils n'étaient plus capables de percevoir dans l'étrange cercle où ils se mouvaient.

Chacun s'y employait comme il pouvait, presque accroupi, tombait sur les genoux, se blessait, boitait, titubait.

Chacun les yeux dans sa nuit de chiffons, entouré de cris, de gloussements, à grand renfort de faux conseils, de hurlements, de sarcasmes, de suggestions trompeuses, de rires, fendait l'air, battait l'air jusqu'à ce que la tête de l'oiseau porte-soleil ait été complètement détachée, roule sur la terre, se souille de sa poussière.

La fête s'interrompait alors brusquement et tout tombait dans le silence. Tous rentraient dans les maisons, les cabanes de lauzes, les bergeries, les fermes. Le garçon le plus taché de sang avait droit au corps qu'il déterrait avec les mains.

La tête qui appelle l'aube – et derrière l'aube le « vernet », le printemps – n'est plus qu'une espèce de bouillie.

CHAPITRE XXXV

Adami

Un peintre vivait dans une maison au bord d'un lac. Au milieu de la nuit il entend qu'on frappe de grands coups contre le bois de sa porte. Ce bruit le réveille. Il se dresse. Il sort de son lit. Il enfile une chemise. Il ouvre. C'est un mort qui se tient là, le crâne entièrement chauve, sans yeux. Le mort entre, furieux, dans la salle.

— Où sont mes cheveux ? crie le mort.

Le peintre est effrayé. Il recule sans répondre.

Le mort ouvre le coffre. Il examine l'évier. Il aperçoit la toile peinte qui est posée sur le chevalet, se précipite vers elle. Il arrache toutes les lignes qui la couvrent. Il les met sur son crâne comme une sorte de crête noire, charnue et dentelée. Alors, tout échevelé, il se tourne le peintre.

— Où sont mes yeux ? demande-t-il en hurlant au peintre.

Le peintre, bouche ouverte, est incapable de répondre. Sidéré, il regarde la peinture qui s'écoule le long de son chevalet et qui forme une flaque grisâtre à son pied.

Le mort s'approche du peintre et plonge ses doigts dans ses orbites. Il arrache les deux petits globes luisants.

À cet instant le peintre soupire de douleur.

Le mort s'en va, plaçant sous ses arcades sourcilières les deux petites boules gluantes. Il suit la rive du lac. La nuit est toute noire. Il entend les vagues qui touchent le bord de la rive. Il s'approche d'elles. Maintenant il peut les voir. Il les voit. Elles se soulèvent dans l'ombre. La lumière des astres nocturnes les touche. Il les regarde chanter doucement dans l'herbe. Il leur dit :

— Je suis si malheureux. J'étais le père de ce peintre. Je suis allé le voir mais il ne m'a pas reconnu.

CHAPITRE XXXVI

Seymour Jacobs

Un homme naquit le 27 mars 1931 à Brooklyn à l'ouest de New York. Dès le mois de juin 1931, alors qu'il n'avait pas trois mois, sa mère l'amena sur la plage de Brighton. Elle l'y assit contre son sac à main en cuir. L'enfant, la tête bien calée contre les plis de peau du sac, regarde fixement la plage devant lui. Toute sa vie Seymour Jacobs photographia les baigneurs sur la plage.

À l'époque, sa mère était vendeuse dans une boutique de fourrure. La porte s'ouvrait. Des corps de femme essayaient des peaux de bêtes tuées. Elles cherchaient dans le reflet qui les inversait mais qui leur faisait face quelque chose d'inconnu.

Elles se tournent sur elles-mêmes.

Elles penchent anxieusement la tête.

Elles tournent en rond sur elles-mêmes, allant de psyché en psyché.

Des bêtes couvertes de peaux de bête hèlent sans fin un corps derrière le miroir qui les reflète.

*

Que ce soit dans un petit maillot de bain de couleur sur le bord de la Méditerranée,

échancré sur leur sexe,

évasé sur leurs seins,

que ce soit plongées dans un grand manteau de fourrure, soulevant des deux mains le poids de leur robe enchanteresse, dirigeant lentement leurs souliers de cuir sur les marches de l'opéra Garnier à Paris,

la plupart des femmes,

comme la plupart des hommes qui les accompagnent,

opposent des fantômes à la vie qu'ils mènent.

Sur les pages somptueuses et glacées des magazines nous contemplons des bêtes majestueuses qui plastronnent, intoxiquées par la concupiscence, retenues par la peur.

Pénétrant dans les bars,

s'asseyant sur les bancs des parcs publics des villes d'eaux,

se rendant au dancing,

montant les escaliers à double volée des casinos,

gravissant l'escalier qui mène à la plus grande des salles de Cannes,

c'est la pariade en acte, intimidante.

Les naturalistes ont montré que les attitudes qui préludent à l'accouplement chez les bêtes étaient dérivées des comportements de l'effroi.

L'épouvante, en prélevant les ébauches des séquences de l'hostilité, en les exagérant à la limite de l'emphase, se fait appel au combat sexuel.

Le comportement agressif et le comportement amoureux ne se sont pas plus dissociés chez les hommes que chez tous les autres animaux de la nature.

La différence tient simplement au tempo du temps lui-même.

Sur la plage de Brighton, même la mouette amoureuse debout, les pieds rouges, menaçante, les ailes grandes ouvertes, est à la limite de la peur dont elle fait une cérémonie arrêtée.

CHAPITRE XXXVII

Le fond de l'art

En 1478, Hugo van der Goes craignit de devenir fou. Il fit retraite et devint frère convers au monastère du Cloître Rouge à Auderghem.

Hélas, plus tard, à Bruxelles, alors qu'il avait accepté de peindre *L'Agneau mystique*, Hugo van der Goes sombra dans une nouvelle dépression nerveuse.

Il fut saisi d'épouvante à l'idée d'oser peindre Dieu tandis que d'affreuses pensées traversaient sa tête.

Il cessa aussitôt de peindre. Mais il ne s'interrompit pas pour autant de se déprécier lui-même. Il n'arrêtait pas de dire aux frères qui le priaient de terminer sa tâche : « Je ne peux pas. Je suis un enfant de perdition. »

Ulysse, quand il parlait, entendait un petit rire tout bas au fond de son cœur.

Hugo van der Goes entendait, quand il prenait son pinceau et s'appliquait à peindre, un démon qui sifflait dans son oreille.

En 1478 on ne parlait pas de dépression, on disait desperatio. Les moines ne parlaient pas de trouble bipolaire, ils disaient acedia.

Le Père abbé le pressait d'achever le retable.

Hugo lui expliqua qu'il n'osait plus peindre la toison de l'agneau qui avait donné son sang pour sauver le monde *alors qu'il entendait le diable siffler en se moquant* à l'intérieur de ses oreilles.

Bientôt ses proches ne surent plus quoi faire pour apaiser ses crises. Brusquement, alors que rien ne le laissait présager, il était pris de panique, il fuyait la peinture. Il désira follement se donner la mort. Par chance le moine Gaspar Offhuis eut la bonté – et aussi le courage – d'aller le chercher avec une mule et lui offrit l'hospitalité de son monastère.

Il eut l'idée de couvrir le son de ce sifflement satanique.

Le supérieur du couvent faisait jouer de la musique en présence du peintre les mains liées et les cuisses attachées à la chaise pour chasser le démon qui était dans son âme disant :

— Ainsi faisait David quand le vieux roi Saül souffrait.

*

La Thora raconte qu'un mauvais esprit s'était emparé de l'âme du roi de Jérusalem. Ce démon élevait à l'intérieur du crâne de Saül des images qui donnaient une impression de cauchemar. Soudain, à un certain moment de la nuit, ces images l'emplissaient de terreur. Le retour de ces scènes effrayantes non seulement interrompait son sommeil mais l'agitait encore dans le jour. Le roi dit un matin :

— Allez chercher dans les sentiers sur la colline, ou dans les ruelles sous les remparts, un homme qui ait la science de la cithare. Il jouera avec son plectre. Le démon s'en irritera. Il fuira. J'irai mieux.

C'est ainsi que le roi fit la connaissance de David le Musicien. Mais David était encore un enfant. Aussi le roi le désira-t-il. Chaque fois que David jouait de la cithare, brandissant aussitôt sa lance, le roi Saül disait :

— Je vais clouer David au mur !

Cette scène eut lieu trois fois. À la troisième fois, *laissant la lance fichée dans la paroi*, David le Musicien s'enfuit.

*

Il y a toujours un endroit où clouer Dieu sur un mur.

CHAPITRE XXXVIII

L'idéal des pompiers

Quatremère de Quincy et Pierre-Paul Prud'hon se connurent à Rome, se plurent, se lièrent étroitement, déjeunèrent puis dînèrent ensemble, prirent pension ensemble, devinrent amis. Ils partageaient les mêmes modèles et les mêmes idéaux. La plupart de leurs goûts étaient similaires ou voisins. Quand ils revinrent en France, c'était la Révolution. Ils se dirent : « Il nous faut créer un nouvel idéal esthétique. Il nous revient de proposer un but suprême, éminent, parfait, à une société qui est devenue toute neuve. Il nous faut former, à l'aide de l'imagination, un modèle de beauté qui puisse sidérer les citoyens parce qu'elle sera *supérieure à celle des individus.* »

Étrange darwinisme.

Aux yeux de Prud'hon le réel dans la peinture doit s'allégoriser dans une suranecdote qui ôte sa forme propre à tout détail et qui interdit tout écart à l'étrange norme de l'amélioration que l'on se promet.

Les révolutionnaires commencèrent par détruire le collège de la Sorbonne. Ils en chassèrent les prêtres, dont ils commencèrent par décapiter le plus grand nombre. Ils mirent des chèvres dans la cour, qui était devenue comme un champ.

Le peintre Prud'hon trouva à se loger dans la Sorbonne en ruine, à l'intérieur de trois grandes salles successives dont il fit son atelier. C'est là qu'il aima Constance Mayer et que cette dernière, à force de travailler auprès de lui, de poser pour lui, s'éprit follement de lui. C'est ainsi que le meilleur ami de Quatremère de Quincy expliquait à son élève – la merveilleuse jeune femme, les cheveux blonds remontés en chignon, à la petite frange tirebouchonnée au fer, aux dents si blanches, au sourire d'ange – l'existence d'une « absence de ressemblance plus haute que la ressemblance » qu'il s'acharnait à projeter avec une merveilleuse adresse sur un papier bleu de Venise.

C'est cela le sublime – mais au sens du XVIIIe siècle – c'est-à-dire la Terreur.

On peut fonder historiquement la sublimation. C'est ainsi que Buguy a écrit en l'an V : « La Révolution s'allégorisant pour faire oublier la Terreur, tel est l'Empire. »

*

Alors que sous Louis XIV on mythologisait le monarque, le dauphin, les princesses et les ducs, sous Napoléon, sous Bismarck, sous Mussolini, sous Hitler, sous Staline, sous Mao, on impérialisa-romanisa-césarisa la violence d'État.

David alla de l'une à l'autre de ces imaginations, avec une foi dont la ferveur était absolue.

Prud'hon lui-même écrivit à Canova : « Comme Léonard faisait, j'ajoute à mes têtes un sourire qui n'est pas au modèle. »

*

Pourquoi des têtes coupées dans des assiettes à la cour du roi Hérode ? Pourquoi des imagines piquées au bout du fer des lances en tête des cortège des Romains de la République ? Pourquoi des rois décapités à la naissance du parlement des Anglais, à la naissance de la république des Français ? La violence dé-couvre. C'est la violence, non de la nudité, mais de la re-velatio du corps sauvage recelé, qui produit la vérité. La beauté n'attire que dissimulée sous le voile que seule la mise à mort déchire. La sublimation travaille au service de la pulsion de mort. Non seulement elle décapite, elle castre, elle purifie, elle désexualise, elle allégorise. On quitte l'image pour le symbole. Il faut sans cesse avoir à l'esprit que le retour à la case départ chez l'homme serait mortel. On ne rentre pas sans expirer dans le giron de sa mère, sous son buisson de poils, dans l'outre obscure. La nostalgie aussi est une pure poussée de la mort comme tout ce qui veut impatiemment faire retour à la quiétude : irrépressible ensommeillement des yeux qui se referment dans le re-quiem de la quies. Il n'y a pas de pulsion de vie qui soit aussi irrésistible. C'est la raison pour laquelle il faut préférer rester angoissé sexuellement, désirant, apeuré, insomniaque, affamé, mal à l'aise, excité. Il faut faire attention à ne pas devenir beau, poli, doux, distinct, distingué, immobile, paisible, conforme, bienheureux : il ne faut pas être porteur d'un « sourire qui n'est pas au modèle ».

*

Les choses sublimes sont :

le petit suaire (sudarium) qui cache le sexe (fascinus) de Dionysos dans le van de joncs tressés sur l'autel ;

le voile de sainte Véronique, dans la ruelle douloureuse, qui a épongé la face du mourant, imprimant son reflet de suée et de sang sur la page de lin ;

le voile de tête que la Mère vierge et douloureuse dénoue autour de son visage pour l'enrouler autour des hanches de son fils mort, dissimulant son pénis et ses fesses alors qu'il vient d'être cloué sur une croix, dans la banlieue de la grande cité, sur le mont du Crâne ;

le mouchoir qui cache notre nez quand il éternue : il est à jamais ce qui devient le linge qui sert aux adieux ;

l'écran blanc sur lequel tout ce qui fut soustrait revient dans la nef obscure, dans le livre qu'on ouvre, dans la salle où on a éteint les lumières.

Toujours un dieu se dissimule.

Ce fut le 2 mai 1897 que Freud employa pour la première fois le mot sublimation. C'est dans une lettre adressée à Fliess. Il donne alors à ce mot le sens de « construction qui protège de la scène primitive ».

*

La sublimation est la scène que le genre humain fait à la nature. À son origine. À la sexualité coriace. Au jadis incessant.

*

On nomme pervers les hommes qui se sont méfiés d'une domestication totale. Ils s'interrompent tout à coup dans la programmation de la vertu humaine. Les pervers définissent les saints qui ont décidé une halte sur le chemin de la sublimation.

Il est vrai qu'un roman sentimental est plus dégoûtant qu'un ouvrage licencieux.

D'abord *Les Lettres des deux amants dans les Alpes*, ensuite Sade dans sa geôle de la forteresse de la Bastille au-dessus du petit port de commerce de la Bastille.

Sainte Blandine, au centre de l'arène de la cité de Lyon, en 177, agenouillée, ses cheveux blonds tombant sur ses épaules, offrant son doux visage confiant et tranquille à la tête immense du lion qui la refuse.

En 1657, âgé de trente et un an, Rancé se retire à la Grande Chartreuse. Il dit :

— Je laisse le monde parce que je n'y trouve point ce que je cherche.

Madame de La Fayette appelait « silence des passions » ce que Rancé appelait « ce que je cherche ».

En 1657, âgé de trente et un an, Rancé vient de voir la tête découpée de la femme qu'il aimait, posée sur une chaise, à côté du cercueil trop court où on a couché le corps merveilleux, plein de silence, revêtu de sa plus élégante robe.

*

Constance Mayer serra la corde autour de son cou, projeta des deux pieds la chaise, et le silence se fit. Constance Mayer se pendit dans la Sorbonne en ruine, dans l'atelier de Prud'hon, tandis que ce dernier s'était rendu pour souper chez le citoyen David. Celui qui l'enveloppait de voiles sur ses toiles, qui bouclait au fer la frange de ses cheveux sur son front, celui qui dessinait à la craie blanche son visage sur ses papiers vénitiens, celui qui améliorait son corps sans finir en lui ajoutant des sourires qui n'étaient pas à elle, avait refusé de l'épouser alors qu'elle était pleine de lui.

CHAPITRE XXXIX

Sur le corbeau noir dans la nuit

« Ne me touche pas ! » dit Jésus à Madeleine quand il s'approcha d'elle dans le jardin, après sa mort.

« Ne te retourne pas ! » dit Hadès à Orphée tandis que celle qu'il aimait remontait des enfers, à sa suite.

« Ne me regarde pas ! » dit Amour à Psyché dans la pénombre de la chambre, après qu'il l'eut étreinte.

*

Jadis, un jour, le dieu Amour vieillit.

Ovide montre Cupidon vieillissant, les ailes dépenaillées, le regard si triste, le visage hirsute. Il est comme un sexe d'homme à la suite d'un rêve. Si merveilleux, si fier, si ardent qu'il ait été, une fois qu'il a connu le bonheur, tout retombe, ses épaules s'affaissent, sa barbe est sale, son œil s'embue. Le visage que l'amour offrait, que le désir tendait, que la lumière lissait, que l'espoir élançait, se couvre de nombreuses petites rides. Son corps se rétracte. Il s'amincit au point de ressembler à une pauvre branche nue d'hiver. Ses couleurs, l'une après l'autre, sont disparues. Il se recroqueville plus encore. Il devient minuscule comme une crevette de mer transparente dans une des baïnes ou des poches de mer que la mer abandonne derrière elle en se retirant.

L'enfant-dieu pend entre deux grosses ailes qui sont deux cuisses pâles.

L'âme, la peau, les lèvres, l'os dur n'existent plus.

Étrange ivoire des hommes qui retombe.

Malheureuse licorne dont les deux femmes et le rapace rêvent au musée de Cluny.

*

Jadis, dans le port de Carthage, l'âme songeait au désir.

L'âme – qui s'appelait alors Psychè – était même obsédée par cet être invisible, sans doute monstrueux, qui chaque nuit se tenait allongé contre elle, contre son flanc, comme peut l'être un serpent, comme peut l'être un dragon, auquel elle donnait tour à tour le nom grec et désirant d'Éros ou bien le nom latin et plus pressant et envieux de « Cupide ».

Ce qui anime la cupidité, la concupiscence ne souhaite pas que l'âme sache quelle elle est.

La Bête ne veut pas que la Belle la voie jamais.

Le désir attend la nuit noire, avant de pénétrer dans l'espace obscur et se glisser en elle. Il jouit. Elle jouit. Ils s'endorment. Telle est la scène qui se déroule chaque soir dans le noir.

*

Pourquoi le désir sauvage est-il si agressivement intéressé à demeurer inaccessible à l'âme ? Et pourquoi l'âme souhaite-t-elle à ce point dévoiler le visage de ce qu'elle chérit le plus passionnément ? Pourquoi la Belle est-elle si impatiente de découvrir quelle est la Bête qui l'emplit de bonheur ? Pourquoi vouloir plus que le bonheur ? Pourquoi vouloir le fruit qui pend à la branche de l'arbre et qu'on ne possède pas et dont on ignore le goût ? Un jour la psyché, pourtant pleine de gratitude et heureuse, demande au corps invisible :

— Puis-je te voir ?

Alors la Bête, avec sa voix étrange et grave, lui répond :

— Oui, tu peux me voir, Psychè. Mais réfléchis avant de me voir. Car dès l'instant où tu verras mon image, tu ne me verras plus moi-même.

Voilà le cœur du mythe.

*

En silence l'âme descendit du lit sur lequel son amour dormait à poings fermés.

En silence elle retourna la marmite.

Elle libéra la lampe de sa « prison de ténèbres aveugles » (caecae tenebrae custodia).

La lampe dans sa main gauche, le rasoir en demicercle (novacula) dans sa main droite, elle s'approche.

Elle lève le bras gauche (sinister) au-dessus du dormeur.

Dès que la lueur de la lampe se porte sur le lit, la Belle distingue aussitôt la plus douce des bêtes (dulcissimam bestiam) qui se dresse sur son ventre. Éros est un très jeune homme qui dort. On distingue si évidemment, à l'état de son corps, qu'il est en train de rêver. Alors sa main droite frémit et Psychè lâche le rasoir en demi-cercle. Sa main gauche elle aussi se met à trembler tandis qu'elle s'avance encore, – tandis qu'elle cherche à contempler au plus près ce si jeune et si beau corps fascinant que la lampe à huile illumine. Elle se penche. En se penchant une goutte d'huile bouillante tombe sur l'épaule droite du dieu (super umerum dei dexterum). Elle le brûle juste à l'endroit où commence l'aile blanche : l'aile devient toute noire. Cupido, sous la brûlure, se réveille en sursaut, il hurle, il bondit, il s'envole. Devenu oiseau, sans mot dire (tacitus), sans un cri, sans un chant, d'abord l'oiseau se pose sur le rebord de la fenêtre.

L'âme, pieds nus, court vers la fenêtre.

Alors l'oiseau déploie ses ailes obscures et franchit la fenêtre sur le rebord de laquelle il avait agrippé ses serres.

Ce n'est plus un dragon monstrueux. Ce n'est plus un jeune homme ravissant. C'est un grand corbeau noir qui se pose sur la branche du cyprès qui s'élève très loin, en face du palais.

Tel est l'étrange site où ils se séparent. Cupido dit :

— Ô simplicissima Psyche ! Ô l'Oublieuse ! Ô Immemor ! Il ne fallait pas me voir. Ferme les yeux si tu veux ressentir...

Puis il ne dit plus rien.

Soudain l'oiseau noir quitte brusquement la branche de l'arbre noir : noir dans le noir, il s'enfonce dans la nuit où il disparaît.

*

Je repose le livre latin d'Apulée. Je prends la version française qu'en a donnée, au début du XVIIIe siècle, Madame de Villeneuve :

— Que puis-je faire ? demande la Belle au Songe qui la visite après que la Bête a disparu dans la nuit.

— Ne consulte pas tes yeux. Ne m'abandonne jamais ! Jamais ! lui rétorque le Songe.

*

Il n'est pas seulement illégitime de chercher à comprendre ce qu'on ne sera « jamais » capable d'éprouver : il est simplement impossible pour un sexe de parler pour un autre.

Jamais un homme ne saura ce que ressent une femme dans l'écoulement de sa jouissance et l'expression irrésistible, parfois, de son sanglot. Jamais il n'aura idée de l'abandon où l'amour la soumet.

Jamais une femme n'éprouvera ce que vit un homme dans le jaillissement saccadé de ses semences et le souffle étouffé, désarticulé et inégal de son râle.

Jamais elle n'aura le soupçon de l'incroyable désert où cette perte le jette.

*

Il est possible qu'aucune volupté n'ôte un homme au désespoir secret de sa jouissance : précaire, chétive, si peu proportionnée à la virulence et à l'obstination de sa sommation au cours des jours, au cours des nuits, au cours des ans, au cours des siècles, au cours des millénaires.

Pour les femmes, je ne sais pas s'il en va de même de leur joie, ni pour leur effroi ou leur carence quand elles l'abordent, ni pour la détresse que le plaisir cause soudain. Je ne le saurai jamais. Incognoscibilité totale pour les deux sexes – sinon un silence qui n'est même pas un même silence, au cœur d'eux-mêmes, même s'ils le partagent à l'extérieur d'eux-mêmes, entre leurs deux visages, entre leurs quatre mains.

*

Apulée *Met.* V, 16 : Qui aime-t-on ? Quelle est l'identité de celui qu'on aime ? La connaît-on jamais quand bien même cela serait au bout d'une vie qu'on lui a consacrée ? Qui a vu le vrai et informe et insaisissable et personnel démon qui gît sous le visage que contrôle chacun autant qu'il peut dans le jour ? N'est-il pas préférable de le laisser au secret de sa nuit ? N'est-on pas plus proche de son monde en ne le harcelant pas de questions qui sont autant d'énigmes ? Aime-t-on vraiment quelqu'un si on passe son temps à lui tenir de grands et intarissables discours ?

Car il a existé, jadis, un très ancien silence, où on vivait heureux, sans voix, sans cesse rassasié, confié au plus incertain des statuts, plongé dans une étrange nuit *lucifuga*, qui fuyait la lumière, sous la protection d'un corps immense qui n'était encore qu'un lieu, une goutte d'océan.

*

C'est ainsi qu'à côté du bonheur, à côté de la volupté, comme allongé contre son flanc, surgit ou bien se creuse un tout autre et terrible et immanquable et régulier et obscur et vieux silence.

D'où l'art monte.

Quand les désirs ont été assouvis, que les corps épuisés retrouvent peu à peu la conscience et le souffle, quel étrange espace silencieux s'ouvre soudain entre les deux corps et même s'agrandit ? Ou plutôt quel étrange silence s'arrête tout à coup dans la chambre où les ventres se détachent, où les mains se dénouent ? Quel secret, quelle bête, quel fauve, quel mystère, quel dieu se cachent sous le grand rideau de lit ? Se dérobent derrière le buisson ? Se recèlent au fond de l'obscurité ? C'est à chaque fois comme un ange noir qui passe. Dans la jouissance qui les prend par surprise les amants perdent soudain quelque chose de leur amour pour accéder à quoi ? Ce qu'ils viennent d'oublier inexplicablement, ils l'ont oublié pour quelle mémoire ? Pourquoi le rêve retient-il mieux le dieu dans la nuit de la psychè que le regard tout à coup qu'ils portent l'un vers l'autre à la lumière de la flamme d'une lampe et dans l'observation de leur désir défait et qui sent, se durcit et s'assèche ? Quels affreux jugements naissent aussitôt de l'inspection qui commence ? Quelle pauvre chose que ce tissu de paroles faibles, gênées, sociales, symboliques, narcissiques, malheureuses, qui reviennent alors sur leurs lèvres et qu'il vaudrait mieux retenir ?

*

Il faut préciser que le mot français dragon vient du mot grec drakôn, qui veut dire « celui qui regarde ».

*

Au bout de la sexualité féerique ce n'est pas l'amour qui se tient.

Quelque chose a brûlé dans ce qui a brûlé de la passion elle-même. Ce tison noirci y dépose sa cendre. Le plaisir obtenu a fait naître un étrange corbeau tout noir entre les flancs blancs, merveilleux, dénudés, des amants.

Reste dans leurs bords – dans les plombs qui cernent l'apparence – ce lit étrange de braises éteintes et de suie.

Qu'est-ce qui a été abandonné au cours de l'abandon et qui a calciné l'envol psychique ?

Il y a ici quelque chose d'orphelin plutôt que quelque chose d'endeuillé. On aperçoit nettement dans cette scène ancienne un *enfant abandonné* plutôt qu'un ange qui passe.

Dans le corps de l'homme qui a jailli, dans le corps de la femme qui s'est ouverte et qui l'a reçu : l'extase se transforme en un instant en un vide immense.

*

Dans le récit de Madame de Villeneuve, quand la Belle accepte enfin de se donner à l'ombre longue et obscure dont elle n'a jamais vu encore l'apparence, juste après qu'elle a dit, simplement, enfin, à la Bête : « Oui, la Bête, je veux bien coucher avec vous », à ces mots la Bête se transforme en un jeune prince magnifique mais qui tombe en *léthargie immédiate*, pour le plus grand étonnement de la Belle : « Quelle ne fut pas sa surprise quand elle vit ce beau jeune homme qu'elle venait de faire naître qui *ronflait* contre son flanc. »

*

Soudain c'est comme si nous échappions à notre corps. Et ce quelque chose qui en nous s'en va vient creuser à notre côté, près de notre côte, un espace qui, jusque-là, ne s'y trouvait pas. C'est beaucoup plus profond et plus sombre qu'une ombre. C'est comme une vieille poche obscure. Tout à coup se descellent l'un de l'autre le couvercle et le coffre. Tout à coup l'on voit apparaître près de notre corps nu ce trésor étrange : un espace entièrement noir et complètement vide.

Il y a d'étranges manques.

De somptueuses loyautés subitement brisées sont les causes des douleurs.

CHAPITRE XL

Via Dolorosa

Voici la ruelle.

Voici la Voie de la Douleur.

Voici les pavés de la ruelle douloureuse qui monte dans le souk.

C'est à pleurer de petitesse, d'étroitesse, de saleté dans les pavés,

de peinture écaillée sur les murs,

de mauvaises odeurs, de lumière, de beauté.

Voilà le linge qui essuya le saint visage.

Voilà le voile qui le voila,

souillé par l'image de la Passion et par les nombreuses traces brunes de sang qui ne sécheront jamais.

Voilà la colonne de marbre où on l'attacha pour qu'il fût flagellé.

Alors sa longue chevelure blonde fut transpercée par les épines noires.

Et maintenant voici le pauvre bois de hêtre de la croix,

voici le « manteau » des lanières de peaux arrachées par lambeaux sur son dos,

la couronne de dérision,

le caleçon de Dieu qui n'est que le voile que sa mère a détaché de sa tête,

qu'elle a passé doucement sous les bourses de son fils mort,

puis qu'elle a noué autour de ses hanches,

afin que ne tombât sous la vue de personne le sexe qui ne servit jamais.

Voici le clou marron.

Voici la lance grise.

Voici la pierre de Madeleine où se prend sa chevelure,

la grotte obscure,

la bouche noire où tous les hommes sont avalés à la fin de leur vie,

petite obscurité artificielle sur laquelle on repousse une dalle.

Voici l'avoine,

où surgit un jardinier silencieux,

voici la bêche encore noircie de terre qu'il porte sur l'épaule,

il a les mains trouées,

il a le cœur troué,

il arrive, il grandit, il s'approche,

il est si beau,

mais il ne veut pas qu'on le touche.

CHAPITRE XLI

Élisée

Au haut de la montagne, dans sa grotte de pierre, à l'entrée, assis sur le bord de roche et sa surface de lumière, saint Élie contemplait le ciel au-delà de l'abîme.

Là où saint Élie contemplait, saint Élisée jouissait.

Et, plus encore, là où la joie était montée, allait et venait, saint Élisée l'installait à demeure, la joie se *libérait.*

Le mot grec *èlusion* signifie le lieu d'où viennent les âmes.

Le simple mot *élisée* désigne exactement le lieu d'où provient tout ce qui vient au monde. C'est le lieu délicieux. C'est le lieu où tout se délie, où les oiseaux s'envolent. C'est le lieu d'où vinrent le premier homme et la première femme, où naissent les enfants, où se retrouvent les héros, où tout se dresse dans la lumière, où tout s'évase dans l'ombre, où les fruits mûrissent et se colorent et pèsent au bout des branches.

Et tombent.

Même ma mère, avant de perdre l'esprit, le jeudi 31 mai 2001, évoquait sans finir sa petite enfance illuminée, radieuse, avant la guerre, dans le petit village de Trun, où étaient nées sa grand-mère et son arrière-grand-mère. Ce souvenir était un porte-joie.

Je parle du *porte-joie*.

Si je redouble Élisée, Élysée, je détourne les quatre fleuves qui délimitent l'Éden et je les fais dériver dans les Champs Élysées où se retrouvaient les bienheureux dans la Rome ancienne.

*

Sainte Thérèse a écrit dans son monastère, dans l'enceinte aux quatre-vingt-huit tours de la vieille cité d'Avila :

Au souvenir du passé je suis
comme un oiseau dont on brise,
comme des petites branches mortes,
les ailes.

Je tombe. Je tombe.

Je ne rêve même plus d'atteindre ce qui fut évoqué dans les légendes par des mots.

Je m'agenouille sur mes os qui me font si mal.

Je plonge mon visage dans mes deux mains que je mouille avec mon nez et mes lèvres et mes cils.

En priant,

du fond de l'âme, au fond de l'âme, au tréfonds de mon âme,

je me dirige vers le site où j'ai été heureuse.

*

Élie l'Ermite refusa de descendre de sa montagne pour conseiller le roi Ochozias. Il sentit sa mort venir dans les heures toutes proches. Alors Élie choisit pour successeur Élisée et lui offrit son ermitage.

S'approchait-on d'Élie, on sentait le parfum d'un pain d'orge tout chaud.

Une vieille crotte broutée par une sauterelle devenait un pain délicieux.

C'était une poignée de sel inopinée qui naissait de ses larmes, qu'on gardait précieusement dans les plis de son mouchoir.

Auprès de lui, une étrange écuelle neuve se remplissait quand on la regardait. On voyait bien que Dieu était auprès de lui.

*

Nous avons tous quitté le secret de l'origine. Nous l'avons trahi, non pas en parlant, mais en naissant.

Vieux site séparé de la terre et du monde, poche d'eau nourrissante et tiède soustraite à toute langue. Il faut reconstituer son accès. Seul son accès persiste sur terre, non son monde.

Même la nuit stellaire ne fait que suivre la poche d'ombre.

Son accès *est* la scène réelle, qui n'est pas la scène originaire à jamais invisible, inévocable, à jamais sans image, à jamais sans témoin. À jamais imaginaire.

À jamais insymbolisable. Car il n'y a aucun regard et il n'y a aucune mémoire pour la scène qui permet la conception. Il n'y a qu'un vestige. Ce vestige est notre corps. C'est à lui qu'il revient de jouer la scène réelle : l'étreinte nue dans l'ombre de l'autre corps à jamais autre. C'est ainsi qu'il faut un *surcroît de secret* au dévoilement de l'impénétrable – à l'épiphanie du secret pour lequel il n'y a pas de langue. Ce n'est qu'à partir de ce surcroît de secret que l'idée de bonheur se concentre.

*

Œuvre, livre, dessin, peinture n'ont pas de « dans » mais font semblant d'en avoir.

Seule la Nature a un Dans.

*

Saint Élisée vivait assis à la lisière du Dans.

Tout était miracle, près d'Élisée.

Il entrait en transe dès qu'un petit oiseau ouvrait son bec et délivrait son chant dans son buisson, sur son épine.

Il regardait le vase d'argile : on entendait l'huile sortir de l'olive.

Il regardait les femmes âgées : elles se taisaient, ouvraient les jambes, engendraient.

En sa présence les soupes étaient épaisses de farine blanche et on voyait des boulettes de bœuf surnager.

Le prix du boisseau de gruau tomba à un sicle sous son règne.

Ce fut alors que tous se mirent à dire : « Quand on est dans l'ombre d'Élisée, on est heureux. On est si heureux ! Tellement heureux ! Même l'ombre suffit. »

TABLE

DU MÊME AUTEUR

PETITS TRAITÉS, tomes I à VIII, éd. Adrien Maeght, 1990 (Folio 2976-2977)

DERNIER ROYAUME, tomes I à IX :

LES OMBRES ERRANTES (Dernier royaume I), éd. Grasset, 2002 (Folio 4078)

SUR LE JADIS (Dernier royaume II), éd. Grasset, 2002 (Folio 4137)

ABÎMES (Dernier royaume III), éd. Grasset, 2002 (Folio 4138)

LES PARADISIAQUES (Dernier royaume IV), éd. Grasset, 2005 (Folio 4616)

SORDIDISSIMES (Dernier royaume V), éd. Grasset, 2005 (Folio 4615).

LA BARQUE SILENCIEUSE (Dernier royaume VI), éd. Le Seuil, 2009 (Folio 5262)

LES DÉSARÇONNÉS (Dernier royaume VII), éd. Grasset, 2012 (Folio 5745)

VIE SECRÈTE (Dernier royaume VIII), éd. Gallimard, 1998 (Folio 3292)

MOURIR DE PENSER (Dernier royaume IX), éd. Grasset, 2014 (Folio 6058)

L'ÊTRE DU BALBUTIEMENT, ESSAI SUR SACHER-MASOCH, éd. Mercure de France, 1969

LA PAROLE DE LA DÉLIE, ESSAI SUR MAURICE SCÈVE, éd. Mercure de France, 1974

MICHEL DEGUY, éd. Seghers, 1975

LE LECTEUR, *récit*, éd. Gallimard, 1976 (Folio 5855)

CARUS, *roman*, éd. Gallimard, 1979 (Folio 2211)

LES TABLETTES DE BUIS D'APRONENIA AVITIA, *roman*, éd. Gallimard, 1984 (L'Imaginaire 212)

LE SALON DU WURTEMBERG, *roman*, éd. Gallimard, 1986 (Folio 1928)

LA LEÇON DE MUSIQUE, éd. Hachette, 1987 (Folio 3767)

LES ESCALIERS DE CHAMBORD, *roman*, éd. Gallimard, 1989 (Folio 2301)

ALBUCIUS, éd. POL, 1990 (Livre de Poche 4308)

KONG SOUEN-LONG. SUR LE DOIGT QUI MONTRE CELA, éd. Michel Chandeigne, 1990

LA RAISON, éd. Le Promeneur, 1990
TOUS LES MATINS DU MONDE, *roman*, éd. Gallimard, 1991 (Folio 2533)
LA FRONTIÈRE, *roman*, éd. Michel Chandeigne, 1992 (Folio 2572)
LE NOM SUR LE BOUT DE LA LANGUE, éd. POL, 1993 (Folio 2698)
LE SEXE ET L'EFFROI, éd. Gallimard, 1994 (Folio 2839)
LES SEPTANTE, *conte*, avec Pierre Skira, éd. Patrice Trigano, 1994
L'AMOUR CONJUGAL, *roman*, avec Pierre Skira, éd. Patrice Trigano, 1994
L'OCCUPATION AMÉRICAINE, *roman*, éd. Le Seuil, 1994 (Point 208)
RHÉTORIQUE SPÉCULATIVE, éd. Calmann-Lévy, 1995 (Folio 3007)
LA HAINE DE LA MUSIQUE, éd. Calmann-Lévy, 1996 (Folio 3008)
TERRASSE À ROME, *roman*, éd. Gallimard, 2000 (Folio 3542)
TONDO, avec Pierre Skira, éd. Flammarion, 2002
ÉCRITS DE L'ÉPHÉMÈRE, éd. Galilée, 2005
POUR TROUVER LES ENFERS, éd. Galilée, 2005
LE VŒU DE SILENCE, ESSAI SUR LOUIS-RENÉ DES FORÊTS, éd. Galilée, 2005
UNE GÊNE TECHNIQUE À L'ÉGARD DES FRAGMENTS. ESSAI SUR JEAN DE LA BRUYÈRE, éd. Galilée, 2005
GEORGES DE LA TOUR, éd. Galilée, 2005
INTER AERIAS FAGOS, poème latin calligraphié par Valerio Adami, éd. Galilée, 2005
INTER AERIAS FAGOS, poème latin traduit par par Pierre Alféri, Éric Clémens, Michel Deguy, Bénédicte Gorrillot, Emmanuel Hocquard, Christian Prigent, Jude Stéfan, éd. Argol, 2011
VILLA AMALIA, *roman*, éd. Gallimard, 2006 (Folio 4588).
REQUIEM, avec Leonardo Cremonini, éd. Galilée, 2006
TRIOMPHE DU TEMPS, quatre contes, éd. Galilée, 2006
L'ENFANT AU VISAGE COULEUR DE LA MORT, *conte*, éd. Galilée, 2006
ETHELRUDE ET WOLFRAMM, *conte*, éd. Galilée, 2006
LE PETIT CUPIDON, *récit*, éd. Galilée, 2006
LE SOLITAIRE, avec Chantal Lapeyre-Desmaison, éd. Galilée, 2006
QUARTIER DE LA TRANSPORTATION, avec Jean-Paul Marcheschi, éd. du Rouergue, 2006
CÉCILE REIMS GRAVEUR DE HANS BELLMER, éd. du Cercle d'art, 2006
LA NUIT SEXUELLE, éd. Flammarion, 2007 (J'ai lu 9033)
BOUTÈS, éd. Galilée, 2008.
LYCOPHRON ET ZÉTÈS, éd. Gallimard, 2010 (Poésie/Gallimard 456)

SUR LE DÉSIR DE SE JETER À L'EAU, avec Irène Fenoglio, éd. Presses Sorbonne nouvelle, collection Archives, 2011

MEDEA, éd. Ritournelles, 2011

LES SOLIDARITÉS MYSTÉRIEUSES, *roman*, éd. Gallimard, 2011

L'ORIGINE DE LA DANSE, éd. Galilée, 2013

LEÇONS DE SOLFÈGE ET DE PIANO, éd. Arléa, 2013 (Arléa-Poche 195)

LA SUITE DES CHATS ET DES ÂNES, avec Mireille Calle-Grüber, éd. Presses Sorbonne nouvelle, collection Archives, 2013

SUR L'IMAGE QUI MANQUE À NOS JOURS, éd. Arléa, 2014 (Arléa-Poche 205)

MARIE MOREL. UNE VIE DE PEINTRE, éd. Galerie B./éd. Regard, 2014

CRITIQUE DU JUGEMENT, éd. Galilée, 2015

SUR L'IDÉE D'UNE COMMUNAUTÉ DE SOLITAIRES, 2015 (Arléa-Poche 217)

PRINCESSE VIEILLE REINE, *cinq contes*, éd. Galilée, 2015

LES LARMES, *roman*, Grasset, 2016

DANS CE JARDIN QU'ON AIMAIT, Grasset, 2017

BUBBELEE, éd. Galilée, 2018

Cet ouvrage a été achevé d'imprimer sur Roto-Page
par l'Imprimerie Floch à Mayenne
pour le compte des Éditions Grasset
en juin 2018

Mise en pages PCA
44400 Rezé

PAPIER À BASE DE
FIBRES CERTIFIÉES

Grasset s'engage pour
l'environnement en réduisant
l'empreinte carbone de ses livres.
Celle de cet exemplaire est de :
750 g éq. CO_2
Rendez-vous sur
www.grasset-durable.fr

N° d'édition : 20510 – N° d'impression : 92874
Dépôt légal : septembre 2018
Imprimé en France